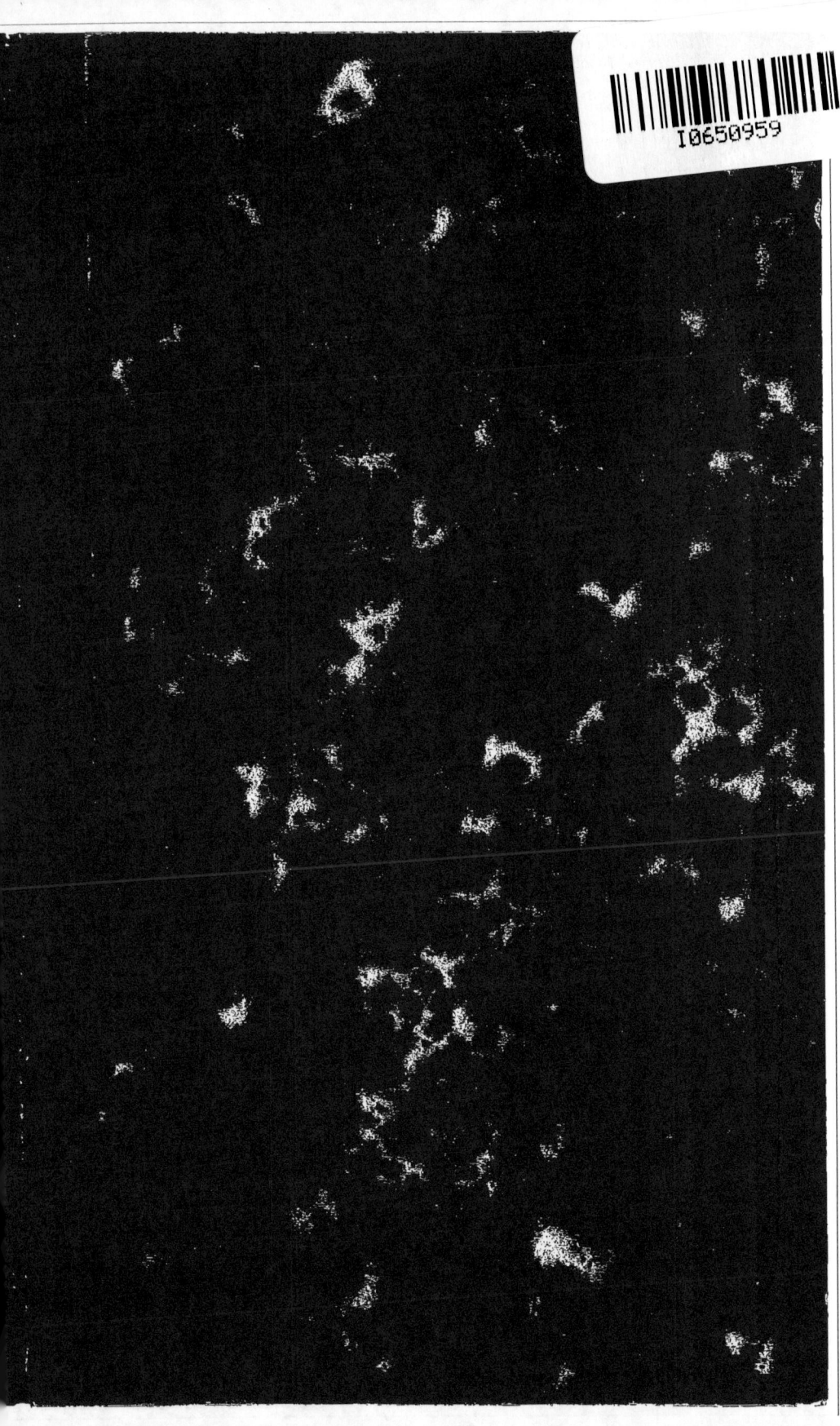

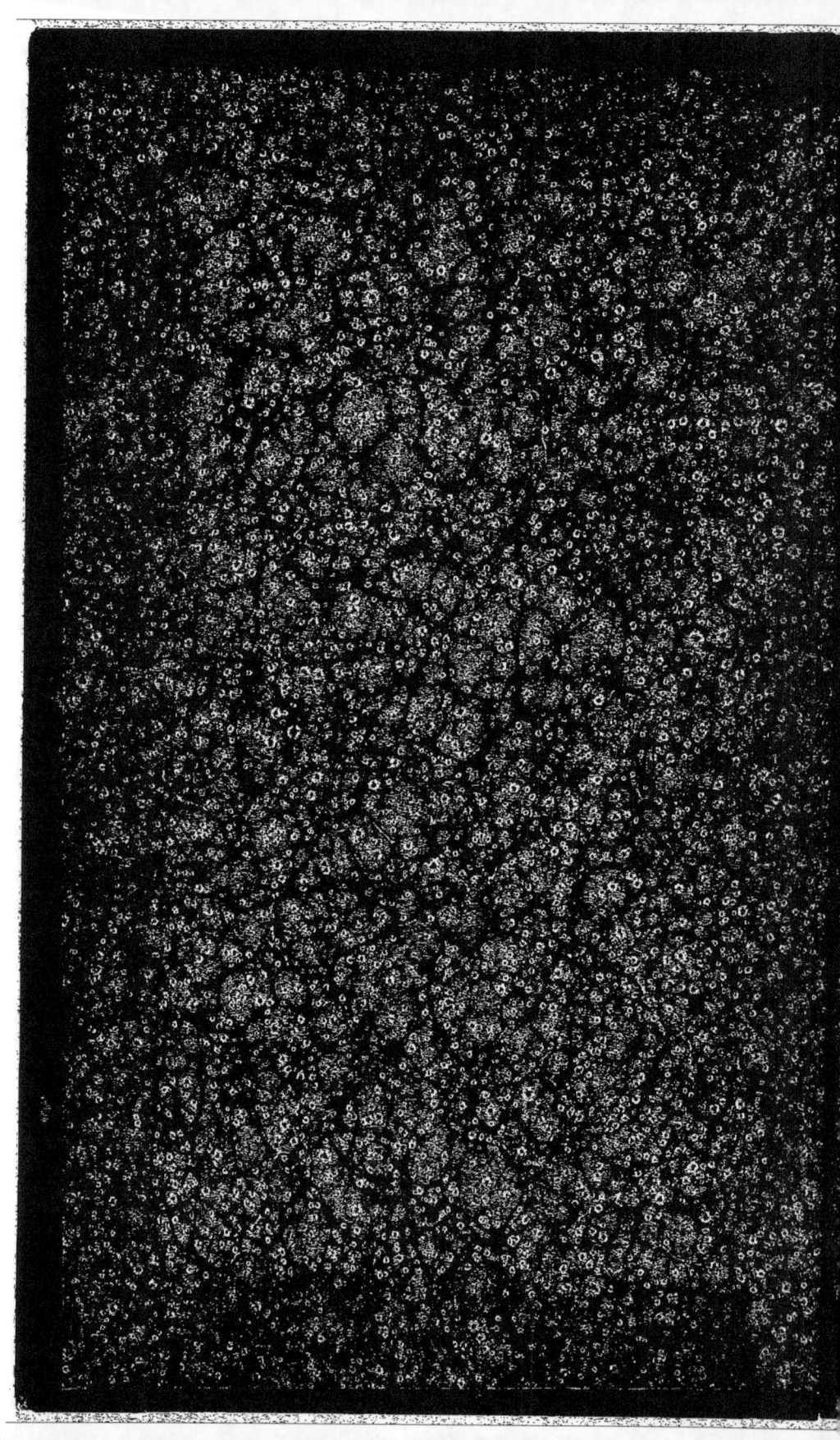

LA COMTESSE DE RUDOLSTADT.

LIVRES DE FONDS.

La Femme d'un Ministre, par Brisset. . . . . 2 vol. in-8.

Souvenirs intimes du Comte de Mesnard, premier écuyer
de S. A. R. Madame la Duchesse de Berry. . . . . 3 vol. in-8.

Un Mari, par Madame la comtesse Dash. . . . . 2 vol. in-8.

La plus heureuse Femme du monde, par Mme Ch. de Sor. . 2 vol. in-8.

La Reine des Voleurs, par Jules David. . . . . 2 vol in-8.

Tyler le Couvreur, par Paul de Kock. . . . . 1 vol in-8.

Le Chateau d'Eppstein, par Alexandre Dumas. . . . . . 3 vol. in-8.

La Vie d'un Matelot, par Cooper. . . . . 2 vol. in-8.

La Pythie des Highlands, par Walter Scott. . . . . . 2 vol. in-8.

Les Bohémiens Parisiens, par Auguste Ricard. . . . . 2 vol. in-8.

Les Châteaux en Afrique, par Madame la comtesse Dash. . . 2 vol. in-8.

OUVRAGES SOUS PRESSE,

La Croix de Paille, roman historique, par Brisset. . . . . 2 vol. in-8.

Louise d'Avaray, par Jules de Saint-Félix. . . . . . 2 vol. in-8.

Le Béarnais, par Brisset. . . . . 2 vol. in-8.

La Fille du Brigand, par S. Henry Berthoud . . . . . 2 vol. in-8.

Marianne de Selvignies, par le même. . . . . 2 vol. in-8.

Le Roi Berger, par Charlotte de Sor. . . . . 2 vol in-8.

Pandolphello, par Alexandre Dumas. . . . . 3 vol. in-8.

Le Capitaine Lacuzon, par Louis Jousserandot. . . . . 2 vol. in-8.

Sylvie, par madame la comtesse Dash. . . . . 2 vol. in-8.

Histoire d'un Ours, par la même. . . . . 2 vol. in-8.

Un nouveau Roman de George Sand.

Sceaux. — Impr. de E. Dépée.

GEORGE SAND.

LA COMTESSE

DE

RUDOLSTADT.

IV

PARIS,
L. DE POTTER, LIBRAIRE-ÉDITEUR,
Rue Saint-Jacques, 38.

1844

1845

1

Consuelo fut éveillée au point du jour par
les sons du cor et les aboiements des chiens.
Lorsque Matteus vint lui apporter son déjeûner, il lui apprit qu'il y avait grande bat-
tue aux cerfs et aux sangliers dans la forêt. Plus de cent hôtes, disait-il, étaient

réunis au château pour prendre ce divertis-
sement seigneurial. Consuelo comprit qu'un
grand nombre des affiliés de l'ordre s'étaient
rassemblés sous le prétexte de la chasse, dans
ce château, rendez-vous principal de leurs
séances les plus importantes. Elle s'effraya
un peu de l'idée qu'elle aurait peut-être tous
ces hommes pour témoins de son initiation, et
se demanda si c'était en effet une affaire assez intéressante aux yeux de l'ordre, pour
amener un si grand concours de ses membres. Elle s'efforça de lire et de méditer pour
se conformer aux prescriptions de *l'initiateur ;*
mais elle fut distraite plus encore par une
émotion intérieure et des craintes vagues, que
par les fanfares, le galop des chevaux et les
hurlements des limiers qui firent retentir les
bois environnants pendant toute la journée.
Cette chasse était-elle réelle ou simulée ? Albert s'était-il converti à toutes les habitudes
de la vie ordinaire au point d'y prendre part

et de verser sans effroi le sang des bêtes inno-
centes? Liverani n'allait-il pas quitter cette
partie de plaisir, et à la faveur du désordre,
venir troubler la néophyte dans le secret de
sa retraite?

Consuelo ne vit rien de ce qui se passait
au dehors, et Liverani ne vint pas. Matteus,
trop occupé, sans doute, au château pour
songer à elle, ne lui apporta pas son dîner.
Etait-ce, comme le prétendait Supperville,
un jeûne imposé à dessein pour affaiblir les
forces mentales de l'adepte ? Elle s'y ré-
signa.

Vers la nuit, lorsqu'elle rentra dans la bi-
bliothèque dont elle était sortie depuis une
heure pour prendre l'air, elle recula de
frayeur à la vue d'un homme vêtu de rouge
et masqué, assis sur son fauteuil : mais elle
se rassura aussitôt, car elle reconnut le frêle
vieillard qui lui servait pour ainsi dire, de
père spirituel. « Mon enfant, lui dit-il en se

levant et en venant à sa rencontre, n'avez-vous rien à me dire? Ai-je toujours votre confiance ?

— Vous l'avez, monsieur, répondit Consuelo en le faisant rasseoir sur le fauteuil et en prenant un pliant à côté de lui, dans l'embrasure de la croisée. Je désirais vivement vous parler, et depuis longtemps. »

Alors elle lui raconta fidèlement tout ce qui s'était passé entre elle, Albert et l'inconnu depuis sa dernière confession, et elle ne cacha aucune des émotions involontaires qu'elle avait éprouvées.

Lorsqu'elle eut fini, le vieillard garda le silence assez longtemps pour troubler et embarrasser Consuelo. Pressé par elle de juger sa conduite et ses sentiments, il répondit enfin : « Votre conduite est excusable, presque irréprochable ; mais que puis-je dire de vos sentiments ? L'affection soudaine, insurmontable, violente, qu'on appelle l'amour, est

une conséquence des bons ou mauvais instincts que Dieu a mis ou laissés pénétrer dans
les âmes pour leur perfectionnement ou pour
leur punition en cette vie. Les mauvaises
lois humaines qui contrarient presque en toutes choses le vœu de la nature et les desseins
de la Providence font souvent un crime de ce
que Dieu avait inspiré, et maudissent le sentiment qu'il avait béni, tandis qu'elles sanc-
tionnent des unions infâmes, des instincts
immondes. C'est à nous autres, législateurs
d'exception, constructeurs cachés d'une société nouvelle, de démêler autant que possible l'amour légitime et vrai de l'amour coupable et vain, afin de prononcer, au nom
d'une loi plus pure, plus généreuse et plus
morale que celle du monde, sur le sort que tu
mérites. Voudras-tu t'en remettre à notre
décision? nous accorderas-tu le droit de te
lier ou de te délier?

— Vous m'inspirez une confiance absolue ;
je vous l'ai dit, et je le répète.

— Eh bien, Consuelo, nous allons délibérer
sur cette question de vie et de mort pour ton
âme et pour celle d'Albert.

— Et n'aurai-je pas le droit de faire entendre le cri de ma conscience ?

— Oui, pour nous éclairer ; moi, qui l'ai
entendue, je serai ton avocat. Il faut que tu
me relèves du secret de ta confession.

— Eh quoi, vous ne serez plus le seul
confident de mes sentiments intimes, de mes
combats, de mes souffrances ?

— Si tu formulais une demande en divorce
devant un tribunal, n'aurais-tu pas des plaintes publiques à faire ? Cette souffrance te
sera épargnée. Tu n'as à te plaindre de personne. N'est-il pas plus doux d'avouer l'amour
que de déclarer la haine ?

— Suffit-il donc d'éprouver un nouvel

amour pour avoir le droit d'abjurer l'ancien?

— Tu n'as pas eu d'amour pour Albert.

— Il me semble que non ; pourtant je n'en jurerais pas.

— Tu n'en douterais pas si tu l'avais aimé. D'ailleurs, la question que tu fais porte sa réponse en elle-même. Tout nouvel amour exclut l'ancien par la force des choses.

— Ne prononcez pas cela trop vite, mon père, dit Consuelo avec un triste sourire. Pour aimer Albert autrement que *l'autre*, je ne l'en aime pas moins que par le passé. Qui sait si je ne l'aime pas davantage ? Je me sens prête à lui sacrifier cet inconnu, dont la pensée m'ôte le sommeil et fait battre mon cœur encore en ce moment où je vous parle.

— N'est-ce pas l'orgueil du devoir, l'ardeur du sacrifice plus que l'affection, qui te conseillent cette sorte de préférence pour Albert ?

— Je ne le crois pas.

— En es-tu bien sûre? Songe que tu es ici
loin du monde, à l'abri de ses jugements, en
dehors de toutes ses lois. Si nous te donnons
une nouvelle formule et de nouvelles notions
du devoir, persisteras-tu à préférer le bonheur de l'homme que tu n'aimes pas, à celui
de l'homme que tu aimes?

— Ai-je donc jamais dit que je n'aimais
pas Albert? s'écria Consuelo avec vivacité.

— Je ne puis répondre à tes questions que
par d'autres questions, ma fille. Peut-on
avoir deux amours à la fois dans le cœur?

— Oui, deux amours différents. On aime
à la fois son frère et son époux.

— Mais non son époux et son amant. Les
droits de l'époux et du frère sont différents
en effet. Ceux de l'époux et de l'amant seraient les mêmes, à moins que l'époux ne
consentît à redevenir frère. Alors la loi du
mariage serait brisée dans ce qu'elle a de

plus mystérieux, de plus intime et de plus
sacré. Ce serait un divorce, moins la publicité. Réponds-moi, Consuelo ; je suis un vieillard au bord de la tombe, et toi un enfant.
Je suis ici comme ton père, comme ton confesseur. Je ne puis alarmer ta pudeur par
cette question délicate, et j'espère que tu y
répondras avec courage. Dans l'amitié enthousiaste qu'Albert t'inspirait, n'y a-t-il pas
toujours eu une secrète et insurmontable terreur à l'idée de ses caresses ?

— C'est la vérité, répondit Consuelo en
rougissant. Cette idée n'était pas mêlée ordi-
nairement à celle de son amour, elle y semblait étrangère ; mais quand elle se présentait, le froid de la mort passait dans mes
veines.

— Et le souffle de l'homme que tu connais
sous le nom de Liverani t'a donné le feu de la
vie ?

— C'est encore la vérité. Mais de tels in-

stincts ne doivent-ils pas être étouffés par
notre volonté?

— De quel droit? Dieu te les a-t-il suggé-
rés pour rien? t'a-t-il autorisée à abjurer
ton sexe, à prononcer dans le mariage le
vœu de virginité, ou celui plus affreux et plus
dégradant encore du servage? La passivité
de l'esclavage a quelque chose qui ressemble à la froideur et à l'abrutissement de la
prostitution. Est-il dans les desseins de Dieu
qu'un être tel que toi soit dégradé à ce point?
Malheur aux enfants qui naissent de telles
unions! Dieu leur inflige quelque disgrâce,
une organisation incomplète, délirante ou
stupide. Ils portent le sceau de la désobéis-
sance. Ils n'appartiennent pas entièrement à
l'humanité : car ils n'ont pas été conçus selon la loi de l'humanité qui veut une répro-
cité d'ardeur, une communauté d'aspirations
entre l'homme et la femme. Là où cette ré-
ciprocité n'existe pas, il n'y a pas d'égalité;

et là où l'égalité est brisée, il n'y a pas d'u-
nion réelle. Sois donc certaine que Dieu, loin
de commander de pareils sacrifices à ton
sexe, les repousse et lui dénie le droit de les
faire. Ce suicide-là est aussi coupable et plus
lâche encore que le renoncement à la vie. Le
vœu de virginité est anti-humain et anti-so-
cial ; mais l'abnégation sans l'amour est
quelque chose de monstrueux dans ce sens-
là. Penses-y bien, Consuelo, et si tu persistes
à t'annihiler à ce point, réfléchis au rôle que
tu réserverais à ton époux, s'il acceptait ta
soumission sans la comprendre. A moins
d'être trompé, il ne l'accepterait jamais, je
je n'ai pas besoin de te le dire ; mais abusé
par ton dévouement, enivré par ta générosité, ne te semblerait-il pas bientôt étrange-
ment égoïste ou grossier dans sa méprise ? Ne
le dégraderais-tu pas à tes propres yeux, ne
le dégraderais tu pas en réalité devant Dieu,
en tendant ce piège à sa candeur, et en lu*i*

fournissant cette occasion presque irrésisti-
ble d'y succomber? Où serait sa grandeur,
où serait sa délicatesse, s'il n'apercevait pas
la pâleur sur tes lèvres, et les larmes
dans tes yeux? Peux-tu te flatter que la haine
n'entrerait pas malgré toi dans ton cœur,
avec la honte et la douleur de n'avoir pas
été comprise ou devinée? Non, femme! vous
n'avez pas le droit de tromper l'amour dans
votre sein; vous auriez plutôt celui de le sup-
primer. Quoique de cyniques philosophes
aient pu dire sur la condition passive de
l'espèce feminine dans l'ordre de la nature,
ce qui distinguera toujours la compagne de
l'homme de celle de la brute, ce sera le dis-
cernement dans l'amour et le droit de choisir.
La vanité et la cupidité font de la plupart des
mariages une *prostitution jurée*, selon l'expression des antiques Lollards. Le dévouement et la générosité peuvent conduire une
âme simple à de pareils résultats. Vierge,

j'ai dû t'instruire de ces choses délicates, que la pureté de ta vie et de tes pensées t'empêchait de prévoir ou d'analyser. Lorsqu'une mère marie sa fille, elle lui révèle à demi, avec plus ou moins de sagesse et de pudeur, les mystères qu'elle lui a cachés jusqu'à cette heure. Une mère t'a manqué, lorsque tu as prononcé, avec un enthousiasme plus fanatique qu'humain, le serment d'appartenir à un homme que tu aimais d'une manière incomplète. Une mère t'est donnée aujourd'hui pour t'assister et t'éclairer dans tes nouvelles résolutions à l'heure du divorce ou de la sanction définitive de cet étrange hyménée. Cette mère, c'est moi, Consuelo, moi qui ne suis pas un homme, mais une femme.

— Vous, une femme ! dit Consuelo en regardant avec surprise la main maigre et bleuâtre, mais délicate et vraiment fémi-

nine qui avait pris la sienne pendant ce discours.

— Ce petit vieillard grêle et cassé, reprit
le problématique confesseur, cet être accablé
et souffrant, dont la voix éteinte n'a plus de
sexe, est une femme brisée par la douleur,
les maladies et les inquiétudes, plus que par
l'âge. Je n'ai pas plus de soixante ans, Consuelo, bien que sous cet habit, que je ne porte
pas hors de mes fonctions d'*Invisible*, j'aie
l'aspect d'un octogénaire cacochyme. Au
reste, sous les vêtements de mon sexe comme sous celui-ci, je ne suis plus qu'une ruine;
pourtant j'ai été une femme grande, forte,
belle et d'un extérieur imposant. Mais à
trente ans, j'étais déjà courbée et tremblante
comme vous me voyez. Et savez-vous, mon
enfant, la cause de cet affaissement précoce? C'est le malheur dont je veux vous préserver. C'est une affection incomplète, c'est
une union malheureuse, c'est un épouvantable

effort de courage et de résignation qui m'a at-
attachée dix ans à un homme que j'estimais et
que je respectais sans pouvoir l'aimer. Un homme n'eût pu vous dire quels sont dans l'amour
les droits sacrés et les véritables devoirs de
la femme. Ils ont fait leurs lois et leurs idées
sans nous consulter; j'ai pourtant élairé souvent à cet égard la conscience de mes asso-
ciés, et ils ont eu le courage et la loyauté de
m'écouter. Mais, croyez-moi, je savais bien
que s'ils ne me mettaient pas en contact di-
rect avec vous, ils n'auraient pas la clef de
votre cœur, et vous condamneraient peut-
être à une éternelle souffrance, à un complet abaissement, en croyant assurer votre
bonheur dans la force de la vertu. Maintenant ouvrez-moi donc votre âme tout entière.
Dites-moi si ce Liverani....

— Hélas! je l'aime ce Liverani; cela n'est que
trop vrai, dit Consuelo en portant la main de la
sibylle mystérieuse à ses lèvres. Sa présence

me cause plus de frayeur encore que celle
d'Albert; mais que cette frayeur est diffé-
rente et qu'elle est mêlée d'étranges délices !
Ses bras sont un aimant qui m'attire, et son
baiser sur mon front me fait entrer dans un
autre monde où je respire, où j'existe autrement que dans celui-ci.

— Eh bien ! Consuelo, tu dois aimer cet
homme et oublier l'autre. C'est moi qui prononce ton divorce dès ce moment ; c'est
mon devoir et mon droit.

— Quoi que vous m'ayez dit, je ne puis
accepter cette sentence avant d'avoir vu Albert, avant qu'il m'ait parlé et dit lui-même
qu'il renonce à moi sans regret, qu'il me rend
ma parole sans mépris.

— Tu ne connais pas encore Albert, ou tu
le crains ; mais moi, je le connais, j'ai des
droits sur lui plus encore que sur toi, et je
puis parler en son nom. Nous sommes seules
Consuelo, et il ne m'est pas défendu de m'ou-

vrir à toi entièrement, bien que je fasse
partie du conseil suprême de ceux que leurs
plus proches disciples ne connaissent jamais.
Mais ma situation et la tienne sont excep-
tionnelles; regarde donc mes traits flétris, et
dis-moi s'ils te semblent inconnus. »

En parlant ainsi, la sibylle détacha en
même temps son masque et sa fausse barbe,
sa toque et ses faux cheveux, et consuelo
vit une tête de femme vieillie et souffrante à
la vérité, mais d'une beauté de lignes incomparable, et d'une expression sublime de
bonté, de tristesse et de force. Ces trois
habitudes de l'âme, si diverses, et si rarement réunies dans un même être, se pei-
gnaient dans le vaste front, dans le sourire
maternel et dans le profond regard de l'inconnue. La forme de sa tête et la base de
son visage annonçaient une grande puissance d'organisation primitive; mais les ravages de la douleur n'étaient que trop visi-

bles, et une sorte de tremblement nerveux
faisait vaciller cette belle tête, qui rappelait
celle de Niobé expirante ou plutôt celle de
Marie défaillante au pied de la croix. Des
cheveux gris fins et lisses comme de la soie
vierge, séparés sur son large front, et serrés
en minces bandeaux sur ses tempes, complé-
taient la noble étrangeté de cette figure saisissante. A cette époque toutes les femmes portaient leurs cheveux poudrés et crêpés, rele-
vés en arrière, et laissant à découvert le
front nu et hardi. La sibylle avait noué les
siens de la manière la moins embarrassante
sous son déguisement, sans songer qu'elle
adoptait la plus harmonieuse à la coupe et à
l'expression de son visage. Consuelo la con-
templa longtemps avec respect et admiration : puis tout à coup, frappée de surprise,
elle s'écria en lui saisissant les deux mains :
« Oh! mon Dieu, comme vous lui res-
semblez!

— Oui, je ressemble à Albert, ou plutôt
Albert me ressemble prodigieusement, répondit-elle ; mais n'as-tu jamais vu un portrait de moi ? » En voyant que consuelo faisait des efforts de mémoire, elle ajouta pour
l'aider.

« Un portrait qui m'a ressemblé autant
qu'il est permis à l'art d'approcher de la
réalité, et dont aujourd'hui je ne suis plus
que l'ombre ; un grand portrait de femme,
jeune, fraîche, brillante, avec un corsage de
brocard d'or chargé de fleurs en pierreries,
un manteau de pourpre, et des cheveux
noirs s'échappant de nœuds de rubis et de
perles pour retomber en boucles sur les
épaules : c'est le costume que je portais il
y a plus de quarante ans, le lendemain de
mon mariage. J'étais belle, mais je ne devais
pas l'être longtemps ; j'avais déjà la mort
dans l'âme.

— Le portrait dont vous parlez, dit Con-

suelo en pâlissant, est au château des Géants
dans la chambre qu'habitait Albert... C'est
celui de sa mère qu'il avait à peine connue ,
et qu'il adorait pourtant... et qu'il croyait
voir et entendre dans ses extases. Seriez-
vous donc une proche parente de la noble
Wanda de Prachatitz, et par conséquent...

—Je suis Wanda de Prachatitz elle-même,
répondit la sibylle en retrouvant quelque
fermeté dans sa voix et dans son attitude;
je suis la mère d'Albert, et la veuve de Christian de Rudolstadt ; je suis la descendante
de Jean Ziska du Calice, et la belle-mère de
Consuelo ; mais je ne veux plus être que son
amie et sa mère adoptive, parce que Consuelo n'aime pas Albert, et qu'Albert ne doit
pas être heureux au prix du bonheur de sa
compagne.

— Sa mère ! vous, sa mère! s'écria Con-
sueluo tremblante en tombant aux genoux
de Wanda. Etes-vous donc un spectre ? N'é-

tiez-vous pas pleurée comme morte au château des Géants ?

—Il y a vingt-sept ans, répondit la sibylle,
que Wanda de Prachatitz, comtesse de Rudolstadt, a été ensevelie au château des
Géants, dans la même chapelle et sous la
même dalle où Albert de Rudolstadt, atteint
de la même maladie et sujet aux mêmes
crises cataleptiques, fut enseveli l'année
dernière, victime de la même erreur. Le fils
ne se fût jamais relevé de cet affreux tombeau, si la mère, attentive au danger qui le
menaçait, n'eût veillé, invisible, sur son
agonie, et n'eût présidé avec angoisse à son
inhumation. C'est sa mère qui a sauvé un
être, encore plein de force et de vie, des vers
du sépulcre auquel on l'avait déjà abandonné;
c'est sa mère qui l'a arraché au joug de ce
monde où il n'avait que trop vécu et où il ne
pouvait plus vivre, pour le transporter dans
ce monde mystérieux, dans cet asile impéné-

trable où elle-même avait recouvré, sinon
la santé du corps, du moins la vie de l'âme.
C'est une étrange histoire, Consuelo, et il
faut que tu la connaisses pour comprendre celle d'Albert, sa triste vie, sa mort
prétendue, et sa miraculeuse résurrection.
Les invisibles n'ouvriront la séance de ton
initiation qu'à minuit. Ecoute-moi donc, et
que l'émotion de ce bizarre récit te prépare
à celles qui t'attendent encore.

2

« Riche, belle et d'illustre naissance, je fus
mariée à vingt ans au comte Christian, qui
en comptait déjà plus de quarante. Il eût
pu être mon père, et m'inspirait de l'affection et du respect ; de l'amour, point. J'avais
été élevée dans l'ignorance de ce que peut

être un pareil sentiment dans la vie d'une
femme. Mes parents, austères Luthériens,
mais forcés de pratiquer leur culte le moins
ostensiblement possible, avaient dans leurs
habitudes et dans leurs idées une rigidité ex-
cessive et une grande force d'âme. Leur
haine pour l'étranger, leur révolte intérieure
contre le joug religieux et politique de l'Au-
triche, leur attachement fanatique aux antiques libertés de la patrie avaient passé
dans mon sein, et ces passions suffisaient à
ma fière jeunesse. Je n'en soupçonnais pas
d'autres, et ma mère, qui n'avait jamais connu que le devoir, eût cru faire un crime en
me les laissant pressentir. L'empereur Charles
père de Marie-Thérèse, persécuta longtemps
ma famille pour cause d'hérésie, et mit notre
fortune, notre liberté, et presque notre vie
à prix. Je pouvais racheter mes parents en
épousant un seigneur catholique dévoué à
l'empire, et je me sacrifiai avec une sorte

d'orgueil enthousiaste. Parmi ceux qui me furent désignés, je choisis le comte Christian, parce que son caractère doux, conciliant, et même faible en apparence, me donnait l'espérance de le convertir secrètement aux idées politiques de ma famille. Ma famille accepta mon dévouement et le bénit. Je crus que je serais heureuse par la vertu ; mais le malheur, dont on comprend la portée et dont on sent l'injustice n'est pas un milieu où l'âme puisse aisément se développer ; je reconnus bientôt que le sage et calme Christan cachait sous sa douceur bienveillante une obstination invincible, un attachement opiniâtre aux coutumes de sa caste et aux préjugés de son entourage, une sorte de haine miséricordieuse et de mépris douloureux pour toute idée de combat et de résistance aux choses établies. Sa sœur Wenceslawa, tendre, vigilante, généreuse, mais rivée plus encore que lui aux petitesses

de sa dévotion et à l'orgueil de son rang, me
fut une société à la fois douce et amère, une
tyrannie caressante, mais accablante; une
amitié dévouée, mais irritante au dernier
point. Je souffris mortellement de cette absence de rapports sympathiques et intellec-
tuels avec des êtres que j'aimais pourtant,
mais dont le contact me tuait, dont l'atmosphère me desséchait lentement. Vous savez
l'histoire de la jeunesse d'Albert, ses enthou-
siasmes comprimés, sa religion incomprise,
ses idées évangéliques taxées d'hérésie et de
démence. Ma vie fut un prélude de la sienne,
et vous avez dû entendre échapper quelquefois dans la famille de Rudolstadt des excla-
mations d'effroi et de douleur sur cette ressemblance funeste du fils et de la mère, au
moral comme au physique.

« L'absence d'amour fut le plus grand mal
de ma vie, et c'est de lui que dérivèrent tous
les autres. J'aimais Christian d'une forte ami-

tié; mais rien en lui ne pouvait m'inspirer
d'enthousiasme, et une affection enthousiaste
m'eût été nécessaire pour comprimer cette
profonde désunion de nos intelligences. L'é-
ducation religieuse et sévère que j'avais reçue ne me permettait pas de séparer l'intelligence, de l'amour. Je me dévorais moi-même. Ma santé s'altéra ; une excitation extraordinaire s'empara de mon système nerveux ;
j'eus des hallucinations, des extases qu'on
appela des accès de folie, et qu'on cacha
avec soin au lieu de chercher à me guérir.
On tenta pourtant de me distraire et de me
mener dans le monde, comme si des bals, des
spectacles et des fêtes eussent pu me tenir
lieu de sympathie, d'amour et de confiance.
Je tombai si malade à Vienne, qu'on me ramena au château des Géants. Je préférais
encore ce triste séjour, les exorcismes du
chapelain et la cruelle amitié de la chanoinesse à la cour de nos tyrans.

« La perte consécutive de mes cinq enfants me porta les derniers coups. Il me sembla que le ciel avait maudit mon union; je
désirai la mort avec énergie. Je n'espérais
plus rien de la vie. Je m'efforçais de ne point
aimer Albert, mon dernier-né , persuadée
qu'il était condamné comme les autres, et
que mes soins ne pourraient pas le sauver.

« Un dernier malheur vint porter au comble l'exaspération de mes facultés. J'aimai,
je fus aimée, et l'austérité de mes principes
me contraignit de refouler en moi jusqu'à l'a-
veu intérieur de ce sentiment terrible. Le
médecin qui me soignait dans mes fréquentes et douloureuses crises était moins jeune
en apparence, et moins beau que Christian.
Ce ne furent donc pas les grâces de la personne qui m'émurent, mais la sympathie
profonde de nos âmes, la conformité d'idées
ou du moins d'instincts religieux et philosophiques, un rapport incroyable de caracté-

res. Marcus, je ne puis vous le désigner que
par ce prénom, avait la même énergie, la
même activité d'esprit, le même patriotisme
que moi. C'était de lui qu'on pouvait dire
aussi bien que de moi ce que Shakspeare met
dans la bouche de Brutus : « Je ne suis pas
de ces hommes qui supportent l'injustice avec
un visage serein. » La misère et l'abaissement du pauvre, le servage, les lois despoti-
ques et leurs abus monstrueux, tous les droits
impies de la conquête, soulevaient en lui des
tempêtes d'indignation. Oh ! que de torrents
de larmes nous avons versés ensemble sur
les maux de notre patrie et sur ceux de la
race humaine, partout asservie ou trompée !
ici abrutie par l'ignorance, là décimée par
la rapacité des cupides, ailleurs violentée et
dégradée par les ravages de la guerre, avilie
et infortunée sur toute la face de la terre !
Cependant Marcus, plus instruit que moi, con-
cevait un remède à tant de maux, et m'en-

tretenait souvent de projets étranges et
mystérieux pour organiser une conspiration
universelle contre le despotisme et l'intolé-
rance. J'écoutais ses desseins comme des
rêves romanesques. Je n'espérais plus; j'é-
tais trop malade et trop brisée pour croire à
l'avenir. Il m'aima ardemment; je le vis, je
le sentis, je partageai sa passion : et pourtant, durant cinq années d'amitié apparente
et de chaste intimité, nous ne nous révélâ-
mes jamais l'un à l'autre le funeste secret
qui nous unissait. Il n'habitait point ordinai-
rement le Bœhmer-Wald; du moins il faisait
de fréquentes absences sous prétexte d'aller donner des soins à des clients éloignés, et,
dans le fait, pour organiser cette conjuration
dont il me parlait sans cesse sans me persuader de ses résultats. Chaque fois que je
le revoyais, je me sentais plus enflammée
pour son génie, son courage et sa persévérance. Chaque fois qu'il revenait, il me re-

trouvait plus affaiblie, plus rongée par un feu intérieur, plus dévastée par la souffrance physique.

« Durant une de ses absences, j'eus d'effroyables convulsions auxquelles l'ignorant et vaniteux docteur Wetzelius que vous connaissez, et qui me soignait en son absence, donna le nom de *fièvre maligne*. A la suite de ces crises, je tombai dans un anéantissement complet qu'on prit pour la mort. Mon pouls ne battait plus; ma respiration était insensible. Cependant j'avais toute ma connaissance: j'entendis les prières du chapelain et les larmes de ma famille. J'entendis les cris déchirants de mon seul enfant, de mon pauvre Albert, et je ne pus faire un mouvement; je ne pus pas même le voir. On m'avait fermé les yeux, il m'était impossible de les rouvrir. Je me demandais si c'était là la mort, et si l'âme, privée de ses moyens d'action sur le cadavre, conservait dans le tré-

pas les douleurs de la vie et l'épouvante du
tombeau. J'entendis des choses terribles autour de mon lit de mort; le chapelain, es-
sayant de calmer les regrets vifs et sincères
de la chanoinesse, lui disait qu'il fallait remercier Dieu de toutes choses, et que c'é-
tait un grand bonheur pour mon mari d'être
délivré des angoisses de ma continuelle agonie et des orages de mon âme réprouvée. Il
ne se servait pas de mots aussi durs, mais le
sens était le même, et la chanoinesse l'écoutait et se rendait peu à peu. Je l'entendis même ensuite essayer de consoler Christian
avec les mêmes arguments, encore plus adou-
cis par l'expression, mais tout aussi cruels
pour moi. J'entendais distinctement, je comprenais affreusement. C'était, pensait-on, la
volonté de Dieu que je n'élevasse pas mon
fils, et qu'il fût soustrait dans son jeune âge
au poison de l'hérésie dont j'étais infectée.
Voilà ce qu'on trouvait à dire à mon époux

lorsqu'il s'écriait, en pressant Albert sur son sein : « Pauvre enfant, que deviendras-tu sans ta mère ! » La réponse du chapelain était : « Vous l'éleverez selon Dieu ! »

« Enfin, après trois jours d'un désespoir immobile et muet, je fus portée dans la tombe, sans avoir recouvré la force de faire un mouvement, sans avoir perdu un instant la certitude de l'épouvantable mort qu'on allait me donner ! On me couvrit de diamants, on me revêtit de mes habits de fiançailles, les habits magnifiques que vous m'avez vus dans mon portrait. On me plaça une couronne de fleurs sur la tête, un crucifix d'or sur la poitrine ; et on me déposa dans une longue cuvette de marbre blanc, taillée dans le pavé souterrain de la chapelle. Je ne sentis ni le froid ni le manque d'air ; je ne vivais que par la pensée.

« Marcus arriva une heure après. Sa consternation lui ôta d'abord toute réflexion. Il

vint machinalement se prosterner sur ma
tombe; on l'en arracha ; il y revint dans la
nuit. Cette fois il s'était armé d'un marteau
et d'un levier. Une pensée sinistre avait traversé son esprit. Il connaissait mes crises lé-
thargiques; il ne les avait jamais vues aussi
longues, aussi complètes; mais, de quelques
instants de cet état bizarre observés par lui,
il concluait à la possibilité d'une effroyable
erreur. Il ne se fiait point à la science de
Wetzelius. Je l'entendis marcher au-dessus
de ma tête; je reconnus son pas. Le bruit
du fer qui soulevait la dalle me fit tressaillir, mais je ne pus faire entendre un cri, un
gémissement. Quand il souleva le voile qui
couvrait mon visage, j'étais tellement exté-
nuée par les efforts que je venais de faire
pour l'appeler, que je semblais plus morte
que jamais. Il hésita longtemps; il interrogea
mille fois mon souffle éteint, mon cœur et
mes mains glacées. J'avais la raideur d'un

cadavre. Je l'entendis murmurer d'une voix déchirante : « C'en est donc fait ! plus d'espoir ! Morte, morte !... O Wanda ! » Il laissa retomber le voile, mais il ne replaça pas la pierre. Un silence épouvantable régnait de nouveau. Etait-il évanoui ? M'abandonnait-il, lui aussi, oubliant, dans l'horreur que lui inspirait la vue de ce qu'il avait aimé, de refermer mon sépulcre ?

« Marcus, plongé dans une sombre méditation, formait un projet lugubre comme sa douleur, étrange comme son caractère. Il voulait dérober mon corps aux outrages de la destruction. Il voulait l'emporter secrètement, l'embaumer, le sceller dans un cercueil de métal, le conserver toujours à ses côtés. Il se demandait s'il aurait ce courage ; et tout-à-coup, dans une sorte de transport fanatique, il se dit qu'il l'aurait. Il me prit dans ses bras, et, sans savoir si ses forces lui permettraient d'emporter un cadavre

jusqu'à sa demeure qui était éloignée de plus
d'une lieue; il me déposa sur le pavé, et replaça la dalle avec le terrible sang-froid qu'on
a souvent dans les actes du délire. Ensuite il
m'enveloppa et me cacha entièrement avec
son manteau, et sortit du château, qu'on ne
fermait pas alors avec le même soin qu'aujourd'hui, parce que des bandes de malfai-
teurs, désespérées par la guerre, ne s'é-
taient pas encore montrées aux environs. J'é-
tais devenue si maigre, que je n'étais pas, à
vrai dire, un bien pesant fardeau. Marcus
traversa les bois, en choisissant les sentiers
les moins fréquentés. Il me déposa plusieurs
fois sur les rochers, accablé de douleur et
d'épouvante plus encore que de fatigue. Il
m'a dit depuis que, plus d'une fois, il avait
eu horreur de ce rapt d'un cadavre, et qu'il
avait été tenté de me reporter dans ma tombe. Enfin il arriva chez lui, pénétra sans
bruit par son jardin, et me porta, sans être

vu de personne, dans un pavillon isolé dont il avait fait un cabinet d'études. C'est là seulement que la joie de me voir sauvée, le premier mouvement de joie que j'eusse eu depuis dix ans, délia ma langue, et que je pus articuler une faible exclamation.

Une nouvelle crise violente succéda à cet affaissement. Je retrouvai tout à coup une force exubérante ; je poussai des cris, des rugissements. La servante et le jardinier de Marcus accoururent, croyant qu'on l'assassinait. Il eut la présence d'esprit de se jeter au-devant d'eux, en leur disant qu'une dame était venue accoucher en secret chez lui, et qu'il tuerait quiconque essaierait de la voir, de même qu'il chasserait celui qui aurait le malheur d'en dire un mot. Cette feinte réussit. Je fus dangereusement malade dans ce pavillon durant trois jours. Marcus, enfermé avec moi, m'y soigna avec un zèle et une intelligence dignes de sa volonté. Lorsque je

fus sauvée et que je pus rassembler mes idées,
je me jetai dans ses bras avec terreur en songeant qu'il fallait nous séparer : « O Marcus!
m'écriai-je, pourquoi ne m'avez-vous pas
laissée mourir ici, dans vos bras! Si vous
m'aimez, tuez-moi; retourner dans ma famille est pour moi pire que la mort.

« — Madame, me répondit-il avec fermeté, vous n'y retournerez jamais, j'en ai
fait le serment à Dieu et à moi-même. Vous
n'appartenez plus qu'à moi. Vous ne me quit-
terez plus, ou vous ne sortirez d'ici qu'en
passant sur mon cadavre. » Cette terrible résolution m'épouvanta et me charma en
même temps. J'étais trop troublée et trop
affaiblie pour en sentir la portée. Je l'écoutai
avec la soumission à la fois craintive et confiante d'un enfant. Je me laissai soigner,
guérir, et peu à peu je m'habituai à l'idée de
ne jamais retourner à Riesenburg, et de ne
jamais démentir les apparences de ma mort.

Marcus déploya pour me convaincre une éloquence exaltée. Il me dit que je ne pouvais
pas vivre dans ce mariage, et que je n'avais
pas le droit d'y aller subir une mort certaine.
Il me jura qu'il avait les moyens de me soustraire à la vue des hommes pendant longtemps, et pendant toute ma vie à celle des
personnes qui me connaissaient. Il me pro-
mit de veiller sur mon fils, et de me ménager les moyens de le voir en secret. Il me
donna même des garanties certaines de ces
possibilités étranges, et je me laissai convaincre. Je consentis à partir avec lui pour ne
jamais redevenir la comtesse de Rudolstadt.

« Mais au moment où nous allions partir,
dans la nuit, on vint chercher Marcus pour
secourir Albert qu'on disait dangereusement
malade. La tendresse maternelle, que le
malheur semblait avoir étouffée, se réveilla
dans mon sein. Je voulus suivre Marcus à
Riensenburg; aucune puissance humaine,

pas même la sienne, n'eût pu m'en dissua-
der. Je montai dans sa voiture, et, envelop-
pée d'un long voile; j'attendis avec anxiété,
à quelque distance du château, qu'il allât
voir mon fils, et qu'il m'en rapportât des
nouvelles. Il revint bientôt en effet, m'assura
que l'enfant n'était point en danger, et voulut me ramener chez lui, afin de retourner
passer la nuit auprès d'Albert. Je ne pus
m'y décider. Je voulus l'attendre encore,
cachée derrière les sombres murailles du château, tremblante et agitée, tandis qu'il re-
tournait soigner mon fils. A peine fus-je
seule, que mille inquiétudes me dévorèrent
le cœur. Je m'imaginai que Marcus me cachait la véritable situation d'Abert, que peut-
être il était mourant, qu'il allait expirer sans
avoir reçu mon dernier baiser. Dominée par
cette persuasion funeste, je m'élançai sous
le portique du château; un valet, que je rencontrai dans la cour, laissa tomber son flam-

beau, et s'enfuit en se signant. Mon voile
cachait mes traits, mais l'apparition d'une
femme au milieu de la nuit suffisait pour
réveiller les idées superstitieuses de ces crédules serviteurs. On ne doutait pas que je
fusse l'ombre de la malheureuse et impie
comtesse Wanda. Un hasard inespéré voulut
que je pusse pénétrer jusqu'à la chambre de
mon fils sans rencontrer d'autres personnes,
et que la chanoinesse fût sortie en cet instant pour chercher quelque médicament ordonné par Marcus. Mon mari, suivant sa
coutume, avait été prier dans son oratoire,
au lieu d'agir pour conjurer le danger. Je
me précipitai sur mon fils, je le pressai sur
mon sein. Il n'eut point peur de moi, il me
rendit mes caresses; il n'avait pas compris
ma mort. En ce moment le chapelain parut
au seuil de la chambre. Marcus pensa que
tout était perdu. Cependant, avec une rare
présence d'esprit, il se tint immobile et parut

ne point me voir à côté de lui. Le chapelain prononça, d'une voix entrecoupée,
quelques paroles d'exorcisme, et tomba évanoui avant d'avoir osé faire un pas vers moi.
Alors je me résignai à fuir par une autre
porte, et je regagnai, dans les ténèbres, l'endroit où Marcus m'avait laissée. J'étais ras-
surée, j'avais vu Albert soulagé, ses petites
mains étaient tièdes, et le feu de la fièvre
n'était plus sur ses joues. L'évanouissement
et la frayeur du chapelain furent attribués à
une vision. Il soutint m'avoir vue auprès de
Marcus, tenant mon fils dans mes bras. Marcus soutint n'avoir rien vu du tout. Albert
s'était endormi. Mais le lendemain, il me re-
demanda, et les nuits suivantes, convaincu
que je n'étais pas endormie pour toujours,
comme on tâchait de le lui persuader, il rêva
de moi, crut me voir encore, et m'appela à
plusieurs reprises. A partir de ce moment,
l'enfance d'Albert fut étroitement surveillée,

et les âmes superstitieuses de Riesenburg
firent maintes prières pour conjurer les funestes assiduités de mon fantôme autour de
son berceau.

« Marcus me ramena chez lui avant le
jour. Nous retardâmes encore notre départ
d'une semaine, et quand mon fils fut entièrement rétabli, nous quittâmes la Bohême.
Depuis ce temps j'ai mené une vie errante et
mystérieuse. Toujours cachée dans mes gîtes,
toujours voilée dans mes voyages, portant un
nom supposé, et n'ayant pendant bien longtemps d'autre confident au monde que Marcus, j'ai passé plusieurs années avec lui en
pays étranger. Il entretenait une correspondance suivie avec un ami qui le tenait au
courant de tout ce qui se passait à Riesenburg, et qui lui donnait d'amples détails sur
la santé, sur le caractère, sur l'éducation de
mon fils. L'état déplorable de ma santé m'au-
torisait à mener la vie la plus retirée et à ne

voir personne. Je passais pour la sœur de
Marcus, et je vécus plusieurs années au fond
de l'Italie, dans une villa isolée, tandis que,
pendant une partie de chaque année, Marcus continuait ses voyages, et poursuivait
l'accomplissement de ses vastes projets.

« Je ne fus point la maîtresse de Marcus ;
j'étais restée sous l'empire de mes scrupules
religieux, et il me fallut plus de dix années
de méditations pour concevoir les droits de
l'être humain à secouer le joug des lois sans
pitié et sans intelligence qui régissent la société humaine. Étant censée morte, et ne
voulant pas risquer la liberté que j'avais si
chèrement conquise, je ne pouvais invoquer
aucun pouvoir religieux ou civil pour rompre
mon mariage avec Christian, et je n'eusse
d'ailleurs pas voulu réveiller ses douleurs
assoupies. Il ne savait pas combien j'avais
été malheureuse avec lui ; il me croyait descendue, pour mon bonheur, pour la paix

de sa famille et pour le salut de son fils, dans
le repos de la tombe. Dans cette situation,
je me regardais comme éternellement condamnée à lui être fidèle. Plus tard, quand,
par les soins de Marcus, les disciples d'une
foi nouvelle se furent réunis et constitués
secrètement en pouvoir religieux, quand
j'eus assez modifié mes idées pour accepter
ce nouveau concile et entrer dans cette nouvelle Église qui eût pu prononcer mon divorce et consacrer notre union, il n'était plus
temps. Marcus, fatigué de mon opiniâtreté,
avait senti le bien d'aimer ailleurs, et je l'y
avais héroïquement poussé. Il était marié;
j'étais l'amie de sa femme : cependant, il ne
fut point heureux. Cette femme n'avait pas
l'esprit et le cœur assez grands pour satisfaire l'esprit et le cœur d'un homme tel que
lui. Il n'avait pu lui faire comprendre ses
plans; il se garda de l'initier à son succès.
Elle mourut au bout de quelques années sans

avoir deviné que Marcus m'aimait toujours.
Je la soignai à son agonie ; je lui fermai les
yeux sans avoir aucun reproche à me faire
envers elle, sans me réjouir de voir disparaître cet obstacle à ma longue et cruelle
passion. La jeunesse avait fui ; j'étais brisée;
j'avais eu une vie trop grave et trop austère
pour m'en départir lorsque l'âge commençait
à blanchir mes cheveux. J'entrai enfin dans le
calme de la vieillesse, et je sentis profondément
tout ce qu'il y a d'auguste et de sacré dans
cette phase de notre vie de femme. Oui, notre
vieillesse comme toute notre vie, quand nous
la comprenons bien, a quelque chose de
plus sérieux que celle de l'homme. Ils peuvent tromper le cours des années ; ils peuvent aimer encore et devenir pères dans un
âge plus avancé que nous, au lieu que la
nature nous marque un terme après lequel
il y a je ne sais quoi de monstrueux et d'impie à vouloir réveiller l'amour, et empiéter

par de ridicules délires sur les brillants privi-
léges de la génération qui déjà nous succède
et nous efface. Les leçons et les exemples
qu'elle attend de nous d'ailleurs en ce moment solennel, demandent une vie de contemplation et de recueillement que les agita-
tions de l'amour troubleraient sans fruit. La
jeunesse peut s'inspirer de sa propre ardeur
et y trouver de hautes révélations. L'âge
mûr n'a plus commerce avec Dieu que dans
l'auguste sérénité qui lui est accordée comme
un dernier bienfait. Dieu lui-même l'aide
doucement et par une insensible transforma-
tion à entrer dans cette voie. Il prend soin
d'apaiser nos passions et de les changer en
amitiés paisibles; il nous ôte le prestige de
la beauté, éloignant ainsi de nous les dange-
reuses tentations. Rien n'est donc si facile
que de vieillir, quoiqu'en disent et quoiqu'en pensent toutes ces femmes malades
d'esprit qu'on voit s'agiter dans le monde,

en proie à une sorte de fureur obstinée pour cacher aux autres et à elles-mêmes la décadence de leurs charmes, et la fin de leur mission en tant que femmes. Hé quoi ! l'âge nous ôte notre sexe, il nous dispense des labeurs terribles de la maternité, et nous ne reconnaîtrions pas que c'est le moment de nous élever à une sorte d'état angélique ? Mais, ma chère fille, vous êtes si loin de ce terme effrayant et pourtant désirable comme le port après la tempête, que toutes mes réflexions à ce sujet sont hors de propos : qu'elles vous servent donc seulement à comprendre mon histoire. Je restai ce que j'avais toujours été, la sœur de Marcus, et ces émotions comprimées, ces désirs vaincus qui avaient torturé notre jeunesse, donnèrent au moins à l'amitié de l'âge mûr un caractère de force et de confiance enthousiaste qui ne se rencontre pas dans les vulgaires amitiés.

« Je ne vous ai encore rien dit, d'ailleurs,

des travaux d'esprit et des occupations sérieuses qui, durant les quinze premières
années, nous empêchèrent d'être absorbés
par nos souffrances, et qui, depuis ce temps,
nous ont empêchés de les regretter. Vous
en connaissez la nature, le but et le résultat;
vous y avez été initiée la nuit dernière; vous
le serez plus encore ce soir par l'organe des
Invisibles. Je puis vous dire seulement que
Marcus siége parmi eux, et qu'il a lui-même
formé leur conseil secret et organisé toute
leur société avec le concours d'un prince
vertueux, dont toute la fortune est consacrée à l'entreprise mystérieuse et grandiose
que vous connaissez. J'y ai consacré également toute ma vie depuis quinze ans. Après
douze années d'absence, j'étais trop oubliée
d'une part, trop changée de l'autre pour ne
pouvoir pas reparaître en Allemagne. La
vie étrange qui convient à certaines fonctions
de notre ordre favorisait d'ailleurs mon in-

cognito. Chargée, non pas de l'active propagande, qui est réservée à votre vie d'éclat,
mais des secrètes missions que ma prudence
pouvait exercer, j'ai fait quelques voyages
que je vous raconterai tout à l'heure. Et depuis lors, j'ai vécu ici tout à fait cachée,
exerçant en apparence les fonctions obscures
de gouvernante d'une partie de la maison du
prince, mais ne m'occupant en effet sérieusement que de l'œuvre secrète, tenant une
vaste correspondance au nom du conseil
avec tous les affiliés importants, les recevant
ici, et présidant souvent leurs conférences,
seule avec Marcus, lorsque le prince et les
autres chefs suprêmes étaient absents, enfin
exerçant en tout temps une influence assez
marquée sur celles de leurs décisions qui semblaient appeler les vues délicates et le sens
particulier dont est doué l'esprit féminin. A
part les questions philosophiques qui s'agi-
tent et se pèsent ici, et desquelles, du reste,

j'ai acquis par la maturité de mon intelligence, le droit de n'être pas écartée, il y a
souvent des questions de sentiment à débat-
tre et à juger. Vous pensez bien que, dans
nos tentatives au dehors, nous rencontrons
souvent le concours ou l'obstacle des passions
particulières, de l'amour, de la haine, de la
jalousie. J'ai eu par l'intermédiaire de mon
fils, j'ai même eu en personne et sous les tra-
vestisssements fort à la mode dans les
cours auprès des femmes, de magicienne
ou d'inspirée, des relations fréquentes avec
la princesse Amélie de Prusse, avec l'intéressante et malheureuse princesse de Culmbach,
enfin avec la jeune margrave de Bareith, sœur
de Frédéric. Nous devions conquérir ces
femmes par le cœur plus encore que par
l'esprit. J'ai travaillé noblement, j'ose le dire,
à nous les attacher, et j'y ai réussi. Mais cette
face de ma vie n'est pas celle dont je veux
vous entretenir. Dans vos futures entreprises,

vous retrouverez ma trace, et vous continuerez ce que j'ai commencé. Je veux vous parler d'Albert, et vous raconter tout le côté de son existence que vous ne connaissez pas. Nous en avons encore le temps. Prêtez-moi encore un peu d'attention. Vous comprendrez comment j'ai enfin connu, dans cette vie terrible et bizarre que je me suis faite, des émotions tendres et des joies maternelles.

3

« Informée minutieusement , par les soins
de Marcus, de tout ce qui se passait au château
des Géants, je n'eus pas plutôt appris la résolution que l'on avait prise de faire voyager
Albert, et la direction qu'il devait suivre,
que je courus me mettre sur son passage. Ce

fut l'époque de ces voyages dont je vous parlais tout à l'heure, et dans plusieurs desquels
Marcus m'accompagna. Le gouverneur et les
domestiques qu'on avait donnés à Albert ne
m'avaient point connue ; je ne craignais donc
point leurs regards. J'étais si impatiente de
voir mon fils, que j'eus bien de la peine à m'en
abstenir, en voyageant derrière lui à quelques heures de distance, et à gagner ainsi
Venise, où il devait faire sa première station.
Mais j'étais résolue à ne point me montrer à lui
sans une espèce de solennité mystérieuse ; car
mon but n'était pas seulement l'ardent instinct maternel qui me poussait dans ses bras ;
j'avais un dessein plus sérieux, un devoir
plus maternel encore à remplir ; je voulais
arracher Albert aux superstitions étroites
dans lesquelles on avait essayé de l'enlacer.
Je devais m'emparer de son imagination, de
sa confiance, de son esprit, de son âme tout
entière. Je le croyais fervent catholique, et à

cette époque il l'était en apparence. Il suivait
régulièrement toutes les pratiques extérieu-
res du culte romain. Les personnes qui avaient
informé Marcus de ces détails ignoraient le
fond du cœur d'Albert. Son père et sa tante
ne le connaissaient guère davantage. Ils ne
trouvaient à lui reprocher qu'un rigorisme
farouche, une manière trop naïve et trop
ardente d'interpréter l'Évangile. Ils ne com-
prenaient pas que, dans sa logique rigide, et
dans sa loyale candeur, mon noble enfant,
obstiné à la pratique du vrai christianisme,
était déjà un hérétique passionné, incorrigi-
ble. J'étais un peu effrayée de ce gouverneur
jésuite qu'on avait attaché à ses pas; je craignais de ne pouvoir l'approcher sans être ob-
servée et contrariée par un Argus fanatique.
Mais je sus bientôt que l'indigne abbé *** ne
s'occupait pas même de sa santé, et qu'Albert,
négligé aussi par des valets auxquels il lui
répugnait de commander, vivait à peu près

seul et livré à lui-même dans toutes les villes
où il faisait quelque séjour. J'observais avec
anxiété tous ses mouvements. Logée à Venise
dans le même hôtel que lui, je le rencontrai
enfin seul et rêveur dans les escaliers, dans
les galeries, sur les quais. Oh ! vous pouvez
bien deviner comme mon cœur battit à sa
vue , comme mes entrailles s'émurent, et
quels torrents de larmes s'échappèrent de
mes yeux consternés et ravis! Il me semblait
si beau, si noble, et si triste, hélas? cet unique objet permis à mon amour sur la terre!
je le suivis avec précaution. La nuit appro-
chait. Il entra dans l'église de Saints-Jean-et-
Paul, une austère basilique remplie de tom-
beaux que vous connaissez bien sans doute.
Albert s'agenouilla dans un coin ; je m'y glis-
sai avec lui : je me cachai derrière une
tombe. L'église était déserte ; l'obscurité devenait à chaque instant plus profonde. Albert
était immobile comme une statue. Cependant

il paraissait plongé dans la rêverie plutôt
que dans la prière. La lampe du sanctuaire
éclairait faiblement ses traits. Il était si pâle!
j'en fus effrayée. Son œil fixe, ses lèvres entr'ouvertes, je ne sais quoi de désespéré dans
son attitude et dans sa physionomie, me bri-
sèrent le cœur; je tremblais comme la flamme
vacillante de la lampe. Il me semblait que si
je me révélais à lui en cet instant, il allait
tomber anéanti. Je me rappelai tout ce que
Marcus m'avait dit de sa susceptibilité ner-
veuse et du danger des brusques émotions
sur une organisation aussi impressionnable.
Je sortis pour ne pas céder aux élans de mon
amour. J'allai l'attendre sous le portique.
J'avais jeté sur mes vêtements, d'ailleurs
fort simples et fort sombres, une mante
brune dont le capuchon cachait mon visage
et me donnait l'aspect d'une femme du peuple de ce pays. Lorsqu'il sortit, je fis involon-

tairement un pas vers lui; il s'arrêta, et, me
prenant pour une mendiante, il prit au hasard une pièce d'or dans sa poche, et me la
présenta. Oh! avec quel orgueil et quelle reconnaissance je reçus cette aumône! Tenez,
Consuelo, c'est un sequin de Venise; je l'ai
fait percer pour y passer une chaîne, et je le
porte toujours sur mon sein comme un bijou
précieux, comme une relique. Il ne m'a jamais quittée depuis ce jour-là, ce gage que
la main de mon enfant avait sanctifié. Je ne
fus pas maîtresse de mon transport; je saisis
cette main chérie, et je la portai à mes lèvres. Il la retira avec une sorte d'effroi, elle
était trempée de mes pleurs. « Que faites-
vous, femme? me dit-il d'une voix dont
le timbre pur et sonore retentit jusqu'au
fond de mes os. Pourquoi me bénissez-vous
ainsi pour un si faible don? Sans doute vous
êtes bien malheureuse, et je vous ai donné
trop peu. Que vous faut-il pour ne plus souf-

frir ? Parlez. Je veux vous consoler ; j'espère
que je le pourrai. » Et il prit dans ses mains,
sans le regarder, tout l'or qu'il avait sur
lui.

« Tu m'as assez donné, bon jeune homme,
lui répondis-je ; je suis satisfaite.

« — Mais pourquoi pleurez-vous, me dit-
il, frappé des sanglots qui étouffaient ma
voix : vous avez donc quelque chagrin auquel ma richesse ne peut remédier ?

« — Non, repris-je, je pleure d'attendrissement et de joie.

« — De joie ! Il y a donc des larmes de
joie ? et de telles larmes pour une pièce d'or !
O misère humaine ! Femme, prends tout le
reste, je t'en prie ; mais ne pleure pas de
joie. Songe à tes frères les pauvres, si nombreux, si avilis, si misérables, et que je ne
puis pas soulager tous ! »

« Il s'éloigna en soupirant. Je n'osai pas le
suivre de peur de me trahir. Il avait laissé

son or sur le pavé, en me le tendant avec
une sorte de hâte de s'en débarrasser. Je le
ramassai, et j'allai le mettre dans le tronc aux
aumônes, afin de satisfaire la noble charité
de mon fils. Le lendemain, je l'épiai encore,
et je le vis entrer à Saint-Marc ; j'avais résolu
d'être plus forte et plus calme, je le fus. Nous
étions encore seuls, dans la demi-obscurité de
l'église. Il rêva encore longtemps, et tout-à-
coup, je l'entendis murmurer d'une voix profonde en se relevant : « O Christ ! ils te cru-
cifient tous les jours de leur vie !

« — Oui ! lui répondis-je, lisant à moitié
dans sa pensée, les pharisiens et les docteurs
de la loi ! »

« Il tressaillit, garda le silence un instant,
et dit à voix basse, sans se retourner, sans
chercher à voir qui lui parlait ainsi : « Encore la voix de ma mère ! »

« Consuelo, je faillis m'évanouir en entendant Albert évoquer ainsi mon souvenir, et

garder dans la mémoire de son cœur l'instinct
de cette divination filiale. Pourtant la crainte
de troubler sa raison, déjà si exaltée, m'arrêta encore ; j'allai encore l'attendre sous le
porche, et quand il passa, satisfaite de le
voir, je ne m'approchai pas de lui. Mais il
m'aperçut et recula avec un mouvement
d'effroi. « Signora, me dit-il après un instant
d'hésitation, pourquoi mendiez-vous aujour-
d'hui? Est ce donc une profession en effet,
comme le disent les riches impitoyables ! N'a-
vez-vous pas de famille? Ne pouvez-vous être
utile à quelqu'un, au lieu d'errer la nuit
comme un spectre autour des églises? Ce que
je vous ai donné hier ne suffit-il pas pour
vous mettre à l'abri aujourd'hui? Voulez-vous
donc accaparer la part qui peut revenir à
vos frères?

« — Je ne mendie pas, lui répondis-je. J'ai
mis ton or dans le tronc des pauvres, ex-

cepté un sequin que je veux garder pour l'a-
mour de toi.

« — Qui êtes-vous donc ! s'écria-t-il en me
saisissant le bras ; votre voix me remue jusqu'au fond de l'âme. Il me semble que je
vous connais. Montrez-moi votre visage !...
Mais non ! je ne veux pas le voir, vous me
faites peur.

« — Oh ! Albert ! lui dis-je hors de moi et
oubliant toute prudence, toi aussi, tu as donc
peur de moi ?

« Il frémit de la tête aux pieds, et mur-
mura encore avec une expression de terreur
et de respect religieux : « Oui, c'est sa voix,
la voix de ma mère ! »

« — J'ignore qui est ta mère, repris-je effrayé de mon imprudence. Je sais seulement
ton nom, parce que les pauvres le connaissent déjà. D'où vient que je t'effraye ? Ta
mère est donc morte ?

« — Ils disent qu'elle est morte, répondit-il ; mais ma mère n'est pas morte pour moi.

« — Où vit-elle donc ?

« — Dans mon cœur, dans ma pensée, continuellement, éternellement. J'ai rêvé sa voix, j'ai rêvé ses traits, cent fois, mille fois. »

« Je fus effrayée autant que charmée de cette impérieuse expansion qui le portait ainsi vers moi. Mais je voyais en lui des signes d'égarement. Je vainquis ma tendresse pour le calmer.

« Albert, lui dis-je, j'ai connu votre mère ; j'ai été son amie. J'ai été chargée par elle de vous parler d'elle un jour, quand vous seriez en âge de comprendre ce que j'ai à vous dire. Je ne suis pas ce que je parais. Je ne vous ai suivi hier et aujourd'hui que pour avoir l'occasion de m'entretenir avec vous. Ecoutez-moi donc avec calme, et ne vous laissez pas troubler par de vaines superstitions. Voulez-vous me suivre sous les arcades des Procuraties, qui sont maintenant désertes, et causer avec moi? Vous sentez-vous assez tranquille, assez recueilli pour cela?

« — Vous, l'amie de ma mère! s'écria-t-il. Vous, chargée par elle de me parler d'elle? Oh! oui, parlez, parlez; vous voyez bien que je ne me trompais pas, qu'une voix intérieure m'avertissait! Je sentais qu'il y avait quelque chose d'elle en vous. Non, je ne suis pas superstitieux, je ne suis pas insensé; seulement j'ai le cœur plus vivant et plus accessible que bien d'autres à certaines choses que les autres ne comprennent pas et ne sentent pas. Vous comprendrez cela, vous, si vous avez compris ma mère. Parlez-moi donc d'elle; parlez-moi encore avec sa voix, avec son esprit. »

« Ayant ainsi réussi, quoique imparfaitement, à donner le change à son émotion, je l'emmenai sous les arcades, et je commençai par l'interroger sur son enfance, sur ses souvenirs, sur les principes qu'on lui avait donnés, sur l'idée qu'il se faisait des principes et des idées de sa mère. Les questions que je lui faisais lui prouvaient bien que j'étais au courant des secrets de sa famille, et capable de comprendre ceux de son cœur. O ma fille! quel orgueil enthousiaste s'empara de moi, quand je vis l'amour ardent qu'Albert nourrissait pour moi, la foi qu'il avait dans ma piété et dans ma vertu, l'horreur que lui inspirait la répulsion superstitieuse des catholiques de Riesenburg pour ma mémoire; la pureté de son âme, la grandeur de son sentiment religieux et patriotique, enfin, tous ces sublimes instincts qu'une éducation catholique n'avait pu étouffer en lui! Mais en même temps quelle douleur profonde m'inspira la précoce et incurable tristesse de cette jeune âme, et les combats qui la brisaient déjà, comme on

s'était efforcé de briser la mienne. Albert se
croyait encore catholique. Il n'osait pas se
révolter ouvertement contre les arrêts de
l'Eglise. Il avait besoin de croire à une religion constituée. Déjà instruit et méditatif plus
que son âge ne le comportait (il y avait à
peine vingt ans), il avait réfléchi beaucoup
sur la longue et funèbre histoire des hérésies,
et il ne pouvait se résoudre à condamner
certaines de nos doctrines. Forcé pourtant
de croire aux égaremens des novateurs, si
exagérés et si envenimés par les historiens
ecclésiastiques, il flottait dans une mer d'in-
certitudes, tantôt condamnant la révolte,
tantôt maudissant la tyrannie, et ne pouvant
rien conclure, sinon que des hommes de bien
s'étaient égarés dans leurs tentatives de ré-
forme, et que des hommes de sang avaient
souillé le sanctuaire en voulant le défendre.

« Il fallait donc porter la lumière dans son

esprit, faire la part des fautes et des excès
dans les deux camps, lui apprendre à em-
brasser courageusement la défense des novateurs, tout en déplorant leurs inévitables
emportements, l'exhorter à abandonner le
parti de la ruse, de la violence et de l'asser-
vissement, tout en reconnaissant l'excellence
de certaine mission dans un passé plus éloi-
gné. Je n'eus pas de peine à l'éclairer. Il
avait déjà prévu, déjà deviné, déjà conclu
avant que j'eusse achevé de prouver. Ses ad-
mirables instincts répondaient à mes inspirations : mais, quand il eut achevé de comprendre, une douleur plus accablante que celle
de l'incertitude s'empara de son âme cons-
ternée. La vérité n'était donc reconnue nulle
part sur la terre ! La loi de Dieu n'était plus
vivante dans aucun sanctuaire ! Aucun peuple, aucune caste, aucune école ne pratiquait
la vertu chrétienne et ne cherchait à l'éclair-
cir et à la développer ! Catholiques et protes-

tants avaient abandonné les voies divines!
Partout régnait la loi du plus fort, partout le
faible était enchaîné et avili ; le Christ était
crucifié tous les jours sur tous les autels éri-
gés par les hommes ! La nuit s'écoula dans
cet entretien amer et pénétrant. Les horloges
sonnèrent lentement les heures sans qu'Albert songeât à les compter. Je m'effrayais de
cette puissance de tension intellectuelle, qui
me faisait pressentir chez lui tant de goût
pour la lutte et tant de facultés pour la douleur. J'admirais la mâle fierté et l'expression
déchirante de mon noble et malheureux enfant ; je me retrouvais en lui tout entière ; je
croyais lire dans ma vie passée et recommen-
cer avec lui l'histoire des longues tortures de
mon cœur et de mon cerveau ; je contemplais,
sur son large front éclairé par la lune, l'inutile
beauté extérieure et morale de ma jeunesse
solitaire et incomprise ; je pleurais sur lui et
sur moi en même temps. Ses plaintes furent

longues et déchirantes. Je n'osais pas encore
lui livrer les secrets de notre conspiration ;
je craignais qu'il ne les comprît pas tout de
suite, et que, dans sa douleur, il ne les reje-
tât comme d'inutiles et dangereux efforts.
Inquiète de le voir veiller et marcher si longtemps, je lui promis de lui faire entrevoir un
port de salut s'il consentait à attendre, et à
se préparer à d'austères confidences; j'émus
doucement son imagination dans l'attente
d'une révélation nouvelle, et je le ramenai
à l'hôtel où nous demeurions tous deux , en
lui promettant un nouvel entretien , que je
reculai de plusieurs jours, afin de ne pas abuser de l'excitation de ses facultés.

« Au moment de me quitter , il songea
seulement à me demander qui j'étais. « Je
ne puis vous le dire, lui répondis-je ; je porte
un nom supposé; j'ai des raisons pour me
cacher ; ne parlez de moi à personne. »

« Il ne me fit jamais d'autres questions , et

parut se contenter de ma réponse ; mais sa
délicate réserve fut accompagnée d'un autre sentiment étrange comme son caractère,
et sombre comme ses habitudes mentales. Il
m'a dit, bien longtemps après, qu'il m'avait
toujours prise dès lors pour l'âme de sa mère, lui apparaissant sous une forme réelle et
avec des circonstances explicables pour le
vulgaire, mais surnaturelles en effet. Ainsi,
mon cher Albert s'obstinait à me reconnaître
en dépit de moi-même. Il aimait mieux in-
venter un monde fantastique que de douter
de ma présence, et je ne pouvais pas réus-
sir à tromper l'instinct victorieux de son
cœur. Tous mes efforts pour ménager son
exaltation ne servaient qu'à le fixer dans une
sorte de délire calme et contenu, qui n'avait
ni contradicteur ni confident, pas même moi
qui en était l'objet. Il se soumettait religieusement à la volonté du spectre qui lui défen-
dait de le reconnaître et de le nommer, mais

il persistait à se croire sous la puissance d'un spectre.

«De cette effrayante tranquillité qu'Albert portait dès-lors dans les égarements de son imagination, de ce courage sombre et stoïque qui lui a fait toujours affronter sans pâlir les fantômes enfantés par son cerveau, résulta pour moi pendant longtemps une erreur funeste. Je ne sus pas l'idée bizarre qu'il se faisait de ma réapparition sur la terre. Je crus qu'il m'acceptait pour une mystérieuse amie de sa défunte mère et de sa propre jeunesse. Je m'étonnai, il est vrai, du peu de curiosité qu'il me témoignait et du peu d'étonnement que lui causait l'assiduité de mes soins : mais ce respect aveugle, cette soumission délicate, cette absence d'inquiétude pour toutes les réalités de la vie paraissaient si conformes à son caractère recueilli, rêveur et contemplatif, que je ne cherchai pas assez à m'en rendre compte, et à en sonder les causes secrètes. En travaillant donc à fortifier son raisonnement contre l'excès de son enthousiasme, j'aidai, sans le savoir, à développer en lui cette sorte de démence à la fois sublime et déplorable dont il a été si longtemps le jouet et la victime.

« Peu à peu, dans une suite d'entretiens qui n'eurent jamais ni confidents ni témoins, je lui développai les doctrines dont notre ordre s'est fait le dépositaire et le propagateur occulte. Je l'initiai à notre projet de régénération universelle. A Rome, dans les souterrains réservés à nos mystères, Marcus le présenta et le fit admettre aux premiers grades de la maçonnerie, mais en se réservant de lui révéler d'avance les symboles cachés sous ces formes vagues et bizarres, dont l'interprétation multiple se prête si bien à la mesure d'intelligence et de courage des adeptes. Pendant sept ans je suivis mon fils dans tous ses voyages, partant toujours des lieux qu'il abandonnait un jour après lui, et arrivant à ceux qu'il allait visiter le lendemain de son arrivée. J'eus soin de me loger toujours à une certaine distance, et de ne jamais me montrer, ni à son gouverneur, ni à ses valets qu'il eût, au reste, d'après mon avis, la précaution de changer souvent, et de tenir toujours éloignés de sa personne. Je lui demandais quelquefois s'il n'était pas surpris de me retrouver partout.

« Oh non! me répondait-il ; je sais bien que vous me suivrez partout. »

» Et lorsque je voulus lui faire exprimer le motif de cette confiance :

« Ma mère vous a chargée de me donner la vie, répondait-il, et vous savez bien que si vous m'abandonniez maintenant, je mourrais. »

« Il parlait toujours d'une manière exaltée et comme inspirée. Je m'habituai à le voir ainsi, et je devins ainsi moi-même, à mon

insu, en parlant avec lui. Marcus m'a souvent reproché, et je me suis souvent reproché à moi-même d'avoir entretenu de la sorte
la flamme intérieure qui dévorait Albert.
Marcus eût voulu l'éclairer par des leçons
plus positives, et par une logique plus froide;
mais en d'autres moments je me suis rassu-
rée en pensant que, faute des aliments que
je lui fournissais, cette flamme l'eût con-
sumé plus vite et plus cruellement. Mes autres enfants avaient annoncé les mêmes dis-
positions à l'enthousiasme; on avait compri-
mé leur âme ; on avait travaillé à les éteindre comme des flambeaux dont on redoute
l'éclat. Ils avaient succombé avant d'avoir la
force de résister. Sans mon souffle qui ranimait sans cesse dans un air libre et pur l'é-
tincelle sacrée, l'âme d'Albert eût été peut-être
rejoindre celle de ses frères, de même que sans
le souffle de Marcus, je me fusse éteinte avant
d'avoir vécu. Je m'attachais d'ailleurs à dis-

traire souvent son esprit de cette éternelle aspiration vers les choses idéales. Je lui conseillai, j'exigeai de lui des études positives; il m'obéit avec douceur, avec conscience. Il étudia les sciences naturelles, les langues des divers pays qu'il parcourait : il lut énormément; il cultiva même les arts, et s'adonna sans maître à la musique. Tout cela ne fut qu'un jeu, un repos pour sa vive et large intelligence. Étranger à tous les enivrements de son âge, ennemi-né du monde et de ses vanités, il vivait partout dans une profonde retraite, et, résistant avec opiniâtreté aux conseils de son gouverneur, il ne voulut pénétrer dans aucun salon, être poussé dans aucune cour. C'est à peine s'il vit, dans deux ou trois capitales, les plus anciens et les plus sérieux amis de son père. Il se composa devant eux un maintien grave et réservé qui ne donna aucune prise à leur critique, et il n'eut d'expansion et d'intimité qu'avec quel-

ques adeptes de notre ordre, auxquels Marcus le recommanda particulièrement. Au
reste, il nous pria de ne point exiger de lui
qu'il s'occupât de propagande avant de sentir
éclore en lui le don de la persuasion, et il
me déclara souvent avec franchise qu'il ne
l'avait point, parce qu'il n'avait pas encore
une foi assez complète dans l'excellence de
nos moyens. Il se laissa conduire de grade en
grade comme un élève docile ; mais, exami-
nant tout avec une sévère logique et une
scrupuleuse loyauté, il se réservait toujours,
me disait-il, le droit de nous proposer des
réformes et des améliorations quand il se
sentirait suffisamment éclairé pour oser se
livrer à son inspiration personnelle. Jusque-là
il voulait rester humble, patient et soumis
aux formes établies dans notre société secrète. Plongé dans l'étude et la méditation,
il tenait son gouverneur en respect par le sérieux de son caractère et la froideur de son

maintien. L'abbé en vint donc à le considérer comme un triste pédant, et à s'é-
loigner de lui le plus possible, pour ne
s'occuper que des intrigues de son ordre.
Albert fit même d'assez longues résidences
en France et en Angleterre sans qu'il l'ac-
compagnât; il était souvent à cent lieues de
lui, et se bornait à lui donner rendez-vous
lorsqu'il voulait voir une autre contrée : encore souvent ne voyagèrent-ils pas ensemble.
A ces époques j'eus la plus grande liberté de
voir mon fils, et sa tendresse exclusive me
paya au centuple des soins que je lui rendais.
Ma santé s'était raffermie. Ainsi qu'il arrive
parfois aux constitutions profondément alté-
rées de se faire une habitude de leurs maux
et de ne les plus sentir, je ne m'apercevais
presque plus des miens. La fatigue, les veil-
les, les longs entretiens, les courses pénibles,
au lieu de m'abattre, me soutenaient dans
une fièvre lente et continue, qui était deve-

nue et qui est restée mon état normal.
Frêle et tremblante comme vous me voyez,
il n'est plus de travaux et de lassitudes que
je ne puisse supporter mieux que vous, belle
fleur du printemps. L'agitation est devenue
mon élément, et je m'y repose en marchant
toujours, comme ces courriers de profession
qui ont appris à dormir en galopant sur leur
cheval.

Cette expérimentation de ce que peut supporter et accomplir une âme énergique dans
un corps maladif m'a rendue plus confiante
à la force d'Albert. Je me suis accoutumée à
le voir parfois languissant et brisé comme
moi, animé et fébrile comme moi à d'autres
heures. Nous avons souvent souffert ensemble
des mêmes douleurs physiques, résultat des
mêmes émotions morales ; et jamais peut-
être notre intimité n'a été plus douce et plus
tendre qu'à ces heures d'épreuve, où la même fièvre brûlait nos veines, où le même

anéantissement confondait nos faibles soupirs. Combien de fois, il nous a semblé que
nous étions le même être ! combien de fois
nous avons rompu le silence où nous plongeait la même rêverie pour nous adresser
mutuellement les mêmes paroles ! Combien
de fois enfin, agités ou brisés en sens con-
traires, nous nous sommes communiqué,
en nous serrant la main; la langueur ou l'a-
nimation l'un de l'autre ! Que de bien et de
mal nous avons connu en commun ! O mon
fils ! ô mon unique passion ! ô la chair de ma
chair et les os de mes os ! que de tempêtes
nous avons traversées (couverts de la même
égide céleste ! à combien de ravages nous
avons résisté en nous serrant l'un contre
l'autre, et en prononçant la même formule
de salut : amour, vérité, justice !

« Nous étions en Pologne aux frontières de
la Turquie, et Albert, ayant parcouru toutes
les initiations successives de la maçonnerie

et des grades supérieurs qui forment le dernier anneau entre cette société préparatoire
et la nôtre, allait diriger ses pas vers cette
partie de l'Allemagne où nous sommes, afin d'y
être admis au banquet sacré des Invisibles, lorsque le comte Christian de Rudolstadt le rappela
auprès de lui. Ce fut un coup de foudre pour
moi. Quant à mon fils, malgré tous les soins
que j'avais pris pour l'empêcher d'oublier sa
famille, il ne l'aimait plus que comme un tendre souvenir du passé; il ne comprenait plus
l'existence avec elle. Il ne nous vint pourtant pas à l'esprit de résister à cet ordre for-
mulé avec la dignité froide et la confiance de
l'autorité paternelle, telle qu'on l'entend dans
les familles catholiques et patriciennes de
notre pays. Albert se prépara à me quitter,
sans savoir pour combien de temps on nous
séparait, mais sans pouvoir imaginer qu'il
ne dût pas me revoir bientôt, et resserrer
avec Marcus les liens de l'association qui le

réclamait. Albert avait peu la notion du temps, et encore moins l'appréciation des éventualités matérielles de la vie. « Est-ce que nous nous quittons ? me disait-il, en me voyant pleurer malgré moi ; nous ne pouvons pas nous quitter. Toutes les fois que je vous ai appelée au fond de mon cœur, vous m'êtes apparue. Je vous appelle-rai encore. —Albert, Albert! lui répondis-je, je ne puis pas te suivre cette fois où tu vas. » Il pâlit et se serra contre moi comme un enfant effrayé. Le moment était venu de lui révéler mon secret : «Je ne suis pas l'âme de ta mère, lui dis-je après quelque préam-bule ; je suis ta mère elle-même.

« Pourquoi me dites-vous cela ? reprit-il avec un sourire étrange ; est-ce que je ne le savais pas ? est-ce que nous ne nous res-semblons pas? est-ce que je n'ai pas vu vo-tre portrait à Riesenburg? est-ce que je vous avais oubliée, d'ailleurs ? est-ce que je

ne vous avais pas toujours vue, toujours connue ?

« — Et tu n'étais pas surpris de me voir
vivante, moi que l'on croit ensevelie dans la
chapelle du château des Géants?

« — Non, me répondit-il , je n'étais pas
surpris ; j'étais trop heureux pour cela. Dieu
a le pouvoir des miracles, et ce n'est point
aux hommes de s'en étonner. »

« L'étrange enfant eut plus de peine à comprendre les effrayantes réalités de mon histoire que le prodige dont il s'était bercé. Il avait
cru à ma résurrection comme à celle du
Christ ; il avait pris à la lettre mes doctrines
sur la transmission de la vie ; il y croyait avec
excès, c'est-à-dire qu'il ne s'étonnait pas de
me voir conserver le souvenir et la certitude
de mon individualité, après avoir dépouillé
mon corps pour en revêtir une autre. Je ne
sais pas même si je le convainquis que ma
vie n'avait pas été interrompue par mon éva-

nouissement et que mon enveloppe mortelle
n'était pas restée dans le sépulcre. Il m'é-
coutait avec une physionomie distraite et cependant enflammée, comme s'il eût entendu
sortir de ma bouche d'autres paroles que
celles que je prononçais. Il se passa en lui, en
ce moment, quelque chose d'inexplicable.
Un lien terrible retenait encore l'âme d'Albert sur le bord de l'abîme. La vie réelle ne
pouvait pas encore s'emparer de lui avant
qu'il eût subi cette dernière crise dont j'é-
tais sortie miraculeusement, cette mort apparente qui devait être en lui le dernier effort de la notion d'éternité luttant contre la
notion du temps. Mon cœur se brisa en se sé-
parant de lui; un douloureux pressentiment
m'avertissait vaguement qu'il allait entrer
dans cette phase pour ainsi dire climatérique,
qui avait si violemment ébranlé mon existence, et que l'heure n'était pas loin où Albert serait anéanti ou renouvelé. J'avais re-

marqué en lui une tendance à l'état cata-
leptique. Il avait eu sous mes yeux des accès
de sommeil si longs, si profonds, si effrayants ;
sa respiration était alors si faible , son pouls
si peu sensible, que je ne cessais de dire ou
d'écrire à Marcus : « Ne laissons jamais ense-
velir Albert, ou ne craignons pas de briser sa
tombe. » Malheureusement pour nous, Marcus ne pouvait plus se présenter au château
des Géants ; il ne pouvait plus mettre le pied
sur les terres de l'Empire. Il avait été gra-
vement compromis dans une insurrection à
Prague, à laquelle en effet son influence n'a-
vait pas été étrangère. Il n'avait échappé que
par la fuite à la rigueur des lois autrichiennes.
Dévoré d'inquiétude , je revins ici. Albert
m'avait promis de m'écrire tous les jours. Je
me promis, de mon côté, aussitôt qu'une lettre
me manquerait, de partir pour la Bohême, et
de me présenter à Riesenburg, à tout risque,
à tout évènement.

La douleur de notre séparation lui fut d'abord moins cruelle qu'à moi. Il ne comprit pas ce qui se passait ; il sembla ne pas y croire. Mais quand il fut rentré sous ce toit funeste où l'air semble être un poison pour la poitrine ardente des descendants de Ziska, il reçut une commotion terrible dans tout son être ; il courut s'enfermer dans la chambre que j'avais habitée ; il m'y appela, et, ne m'y voyant pas reparaître, il se persuada que j'étais morte une seconde fois, et que je ne lui serais plus rendue dans le cours de sa vie présente. Du moins, c'est ainsi qu'il m'a expliqué depuis ce qui se passa en lui à cette heure fatale où sa raison et sa foi furent ébranlées pour des années entières. Il regarda longtemps mon portrait. Un portrait ne ressemble jamais qu'imparfaitement, et ce sentiment particulier que l'artiste a eu de nous, est toujours si au-dessus de celui que conçoivent et conservent les êtres dont nous sommes ardemment aimés, qu'aucune ressemblance ne peut les satisfaire ; elle les afflige même et les indigne parfois. Albert, en comparant cette représentation de ma jeunesse et de ma beauté passée, ne retrouva pas sa vieille mère chérie, ses cheveux gris qui lui semblaient plus augustes, et cette pâleur flétrie qui parlait à son cœur. Il s'éloigna du portrait avec terreur et reparut devant ses parents, sombre, taciturne, consterné. Il alla visiter ma tombe ; il y fut saisi de vertige et d'épouvante. L'idée de la mort lui parut monstrueuse ; et cependant, pour le consoler, son père lui dit que j'étais là, qu'il fallait s'y agenouiller et prier pour le repos de mon âme.

« Le repos ! s'écria Albert hors de lui, le repos de l'âme ! non, l'âme de ma mère n'est pas faite pour un pareil néant, non plus que la mienne. Ni ma mère ni moi ne voulons nous reposer dans une tombe. Jamais, ja-

mais! cette caverne catholique, ces sépulcres
scellés, cet abandon de la vie, ce divorce
entre le ciel et la terre, entre le corps et
l'âme me font horreur ! »

« C'est par de pareils discours qu'Albert
commença à répandre l'effroi dans l'âme simple et timide de son père. On rapporta ses
paroles au chapelain, pour qu'il essayât de
les expliquer. Cet homme borné n'y vit qu'un
cri arraché par le sentiment de ma damna-
tion éternelle. La crainte superstitieuse qui
se répandit dans les esprits autour d'Albert,
les efforts de sa famille pour le ramener à la
soumission catholique, réussirent bientôt à le
torturer, et son exaltation prit tout à fait le
caractère maladif que vous lui avez vu. Ses
idées se confondirent : à force de voir et de
toucher les preuves de ma mort, il oublia
qu'il m'avait connue vivante, et je ne lui
semblai plus qu'un spectre fugitif toujours
prêt à l'abandonner. Sa fantaisie évoqua ce

spectre et ne lui prêta plus que des discours
incohérents, des cris douloureux, des menaces sinistres. Quand le calme lui revenait, sa
raison restait comme voilée sous un nuage. Il
avait perdu la mémoire des choses récentes ;
il se persuadait avoir fait un rêve de huit années auprès de moi, ou plutôt ces huit années de bonheur, d'activité, de force, lui
apparaissaient comme le songe d'une heure.

« Ne recevant aucune lettre de lui, j'allais
courir vers lui : Marcus me retint. La poste,
disait-il, interceptait nos lettres, ou la famille
de Rudolstadt les supprimait. Il recevait toujours, par son fidèle correspondant, des nouvelles de Riesenburg ; mon fils passait pour
calme, bien portant, heureux dans sa famille.
Vous savez quels soins on prenait pour cacher sa situation, et on les prit avec succès
durant les premiers temps.

« Dans ses voyages, Albert avait connu le
jeune Trenck ; il s'était lié avec lui d'une

amitié chaleureuse. Trenck, aimé de la princesse de Prusse, et persécuté par le roi Frédéric, écrivit à mon fils ses joies et ses malheurs; il l'engageait ardemment à venir le
trouver à Dresde, pour lui donner conseil et
assistance. Albert fit ce voyage, et à peine
eut-il quitté le sombre château de Riesenburg, que la mémoire, le zèle, la raison lui
revinrent. Trenck avait rencontré mon fils
dans la milice des néophytes *Invisibles*. Là
ils s'étaient compris et juré une fraternité
chevaleresque. Informé par Marcus de leur
projet d'entrevue, je courus à Dresde, je re-
vis Albert, je le suivis en Prusse, où il s'in-
troduisit dans le palais des rois sous un déguisement pour servir l'amour de Trenck et
remplir un message des Invisibles. Marcus
jugeait que cette activité, et la conscience
d'un rôle utile et généreux sauveraient Albert de sa dangereuse mélancolie. Il avait
raison; Albert reprenait à la vie parmi nous;

Marcus voulait, au retour, l'amener ici et l'y
garder quelque temps dans la société des
plus vénérables chefs de l'ordre ; il était convaincu qu'en respirant cette véritable atmosphère vitale de son âme supérieure, Albert
recouvrerait la lucidité de son génie. Mais
une circonstance fâcheuse troubla tout-à-
coup la confiance de mon fils. Il avait rencontré sur son chemin l'imposteur Cagliostro,
initié par l'imprudence des rose-croix à quelques-uns de leurs mytères. Albert, depuis
longtemps reçu rose-croix, avait dépassé ce
grade, et présida une de leurs assemblées
comme grand-maître. Il vit alors de près ce
qu'il n'avait fait encore que pressentir. Il
toucha tous ces éléments divers qui compo-
sent les affiliations maçonniques ; il reconnut
l'erreur, l'engouement, la vanité, l'imposture,
la fraude même qui commençaient dès lors à se
glisser dans ces sanctuaires déjà envahis par
la démence et les vices du siècle. Cagliostro,

avec sa police vigilante des petits secrets du
monde, qu'il présentait comme les révélations
d'un esprit familier, avec son éloquence captieuse qui parodiait les grandes inspirations
révolutionnaires, avec son art prestigieux
qui évoquait de prétendues ombres ; Cagliostro, l'intrigant et le cupide, fit horreur au
noble adepte. La crédulité des gens du
monde, la superstition mesquine d'un grand
nombre de francs-maçons, l'avidité honteuse
qu'excitaient les promesses de la pierre phi-
losophale et tant d'autres misères du temps
où nous vivons, portèrent dans son âme une
lumière funeste. Dans sa vie de retraite et
d'études, il n'avait pas assez deviné la race
humaine ; il ne s'était point préparé à la lutte
avec tant de mauvais instincts. Il ne put souffrir tant de misères. Il voulait qu'on démas-
quât et qu'on chassât honteusement des
abords de nos temples les charlatans et les
sorciers. Il ne pouvait admettre qu'on dût

supporter le concours dégradant de Cagliostro, parce qu'il était trop tard pour s'en dé-
faire, parce que cet homme irrité pouvait
perdre beaucoup d'hommes estimables ; tandis que, flatté de leur protection et d'une apparence de confiance, il pouvait rendre
beaucoup de services à la cause sans la connaître véritablement. Albert s'indigna et
prononça sur notre œuvre l'anathème d'une
âme ferme et ardente ; il nous prédit que nous
échouerions pour avoir laissé l'alliage pénétrer trop avant dans la chaîne d'or. Il nous
quitta en disant qu'il allait réfléchir à ce que
nous nous efforcions de lui faire comprendre
des nécessités terribles de l'œuvre des conspirations, et qu'il reviendrait nous demander
e baptême quand ses doutes poignants seraient dissipés. Nous ne savions pas, hélas !
quelles lugubres réflexions étaient les siennes
dans la solitude de Riesenburg. Il ne nous

les disait point ; peut-être ne se les rappelait-
il pas quand leur amertume était dissipée.

« Il y vécut encore un an dans une alter-
native de calme et de transport, de force
exubérante et d'affaissement douloureux. Il
nous écrivait quelquefois, sans nous dire ses
souffrances et le dépérissement de sa santé.
Il combattait amèrement notre marche politique. Il voulait qu'on cessât dès lors de travailler dans l'ombre et de tromper les hommes pour leur faire avaler la coupe de la régénération. « Jetez vos masques noirs, disait-
il, sortez de vos cavernes. Effacez du fronton
de votre temple le mot *mystère* que vous avez
volé à l'Église romaine, et qui ne convient
pas aux hommes de l'avenir. Ne voyez-vous
pas que vous avez pris les moyens de l'ordre
des jésuites ? Non, je ne puis pas travailler
avec vous ; c'est chercher la vie au milieu
des cadavres. Paraissez enfin à la lumière du
jour. Ne perdez pas un temps précieux à or-

ganiser votre armée. Comptez un peu plus
sur son élan, et sur la sympathie des peuples,
et sur la spontanéité des instincts généreux.
Une armée d'ailleurs se corrompt dans le repos, et la ruse qu'elle emploie à s'embusquer
lui ôte la puissance et la vie nécessaires pour
combattre. » Albert avait raison en principe ;
mais le moment n'était pas venu pour qu'il
eût raison dans la pratique. Ce moment est
peut-être encore loin !

« Vous vîntes enfin à Riesenburg ; vous le
surprîtes au milieu des plus grandes dé-
tresses de son âme. Vous savez, ou plutôt
vous ne savez pas, quelle action vous avez
eue sur lui, jusqu'à lui faire oublier tout ce
qui n'était pas vous, jusqu'à lui donner une
vie nouvelle, jusqu'à lui donner la mort.

« Quand il crut que tout était fini entre
vous et lui, toutes ses forces l'abandonnèrent,
il se laissa dépérir. Jusque-là j'ignorais la vé-

ritable nature et le degré d'intensité de son
mal. Le correspondant de Marcus lui disait
que le château des Géants se fermait de plus
en plus aux yeux profanes, qu'Albert n'en
sortait plus, qu'il passait pour monomane auprès des gens du monde, mais que les pauvres
l'aimaient et le bénissaient toujours, et que
quelques personnes d'un sens supérieur qui
l'avaient entrevu, après avoir été frappées
de la bizarrerie de ses manières, rendaient,
en le quittant, hommage à son éloquence, à
sa haute sagesse, à la grandeur de ses con-
ceptions. Mais enfin j'appris que Supperville
avait été appelé, et je volai à Riesenburg, en
dépit de Marcus qui, me voyant déterminée
à tout, s'exposa à tout pour me suivre. Nous
arrivâmes sous les murs du château, dégui-
sés en mendiants. Personne ne nous reconnut. Il y avait vingt-sept ans qu'on ne m'a-
vait vue; il y en avait dix qu'on n'avait vu
Marcus. On nous fit l'aumône et on nous éloi-

gna. Mais nous rencontrâmes un ami, un
sauveur inespéré dans la personne du pauvre
Zdenko. Il nous traita en frères, et nous prit
en affection, parce qu'il comprit à quel point
nous nous intéressions à Albert; nous sûmes
lui parler le langage qui plaisait à son enthousiasme, et lui faire révéler tous les secrets de la douleur mortelle de son ami.
Zdenko n'était plus le furieux par qui votre
vie a été menacée. Abattu et brisé, il venait
comme nous demander humblement à la
porte du château, des nouvelles d'Albert, et
comme nous, il était repoussé avec des ré-
ponses vagues, effrayantes pour notre angoisse. Par une étrange coïncidence avec les
visions d'Albert, Zdenko prétendait m'avoir
connue. Je lui étais apparue dans ses rêves,
dans ses extases, et, sans se rendre compte
de rien, il m'abandonnait sa volonté avec un
entraînement naïf. « Femme, me disait-il
souvent, je ne sais pas ton nom, mais tu es le

bon ange de mon *Podiebrad*. Bien souvent je
l'ai vu dessiner ta figure sur du papier, et
décrire ta voix, ton regard et ta démarche
dans ses bonnes heures, quand le ciel s'ouvrait devant lui et qu'il voyait apparaître
autour de son chevet ceux qui ne sont plus,
au dire des hommes. « Loin de repousser les
épanchements de Zdenko, je les encourageai,
Je flattai son illusion, et j'obtins qu'il nous
recueillît. Marcus et moi, dans la grotte du
Schreckenstein. En voyant cette demeure
souterraine, et en apprenant que mon fils
avait vécu là des semaines et presque des
mois entiers à l'insu de tout le monde, je compris la couleur lugubre de ses pensées. Je
vis une tombe, à laquelle Zdenko semblait
rendre une espèce de culte, et ce ne fut pas
sans peine que j'en connus la destination.
C'était le plus grand secret d'Albert et de
Zdenko, et leur plus grande réserve. « Hélas !
c'est là, me dit l'insensé, que nous avons en

seveli Wanda de Prachatitz, la mère de mon
Albert. Elle ne voulait pas rester dans cette
chapelle, où ils l'avaient scellée dans la
pierre. Ses os ne faisaient que s'agiter et
bondir, et ceux d'ici, ajouta-t-il en nous mon-
trant l'ossuaire des Taborites au bord de la
source, nous reprochaient toujours de ne pas
l'amener auprès d'eux. Nous avons été chercher cette tombe sacrée, et nous l'avons ensevelie ici, et tous les jours nous y apportions
des fleurs et des baisers. » Effrayée de cette
circonstance, qui pouvait par la suite amener la découverte de mon secret, Marcus
questionna Zdenko, et sut qu'il avait apporté là mon cercueil sans l'ouvrir. Ainsi
Albert avait été malade et égaré au point de
ne plus se rappeler mon existence, et de
s'obstiner dans l'idée de ma mort. Mais tout
cela n'était-il pas un rêve de Zdenko? Je ne
pouvais en croire mes oreilles. « O mon ami!
disais-je à Marcus avec désespoir, si le flam-

beau de sa raison est éteint à ce point et pour jamais, Dieu lui fasse la grâce de mourir ! »

» Maître enfin de tous les secrets de Zdenko, nous sûmes que nous pouvions nous introduire par des galeries souterraines et des passages ignorés dans le château des Géants ; nous l'y suivîmes, une nuit, et nous attendîmes à l'entrée de la citerne qu'il se fût glissé dans l'intérieur de la maison. Il revint en riant et en chantant, nous dire qu'Albert était guéri, qu'il dormait, et qu'on lui avait mis des habits neufs et une couronne. Je tombai comme foudroyée, je compris qu'Albert était mort. Je ne sais plus ce qui se passa ; je m'éveillai plusieurs fois au milieu de la fièvre ; j'étais couchée sur des peaux d'ours et des feuilles sèches, dans la chambre souterraine qu'Albert avait habitée sous le Schreckenstein. Zdenko et Marcus me veillaient tour à tour. L'un me disait d'un air de joie et de

triomphe que son Podiebrad était guéri, qu'il
viendrait bientôt me voir ; l'autre, pâle et
pensif, me disait : « Tout n'est pas perdu
peut-être ; n'abandonnons pas l'espoir du
miracle qui vous a fait sortir du tombeau. »
Je ne comprenais plus, j'avais le délire ; je
voulais me lever, courir, crier ; je ne le pouvais pas, et le désolé Marcus, me voyant dans
cet état, n'avait ni la force ni le loisir de s'en
occuper sérieusement. Tout son esprit, toutes
ses pensées, étaient absorbés par une anxiété
autrement terrible. Enfin une nuit, je crois que
ce fut la troisième de ma crise, je me trou-
vai calme et je sentis la force me revenir. Je
tâchai de rassembler mes idées, je réussis à
me lever ; j'étais seule dans cette horrible
cave qu'une lampe sépulcrale éclairait à
peine ; je voulus en sortir, j'étais enfermée ;
où étaient Marcus, Zdenko... et surtout Albert...? La mémoire me revint, je fis un cri
auquel les voûtes glacées répondirent par un

cri si lugubre, que la sueur me coula du front froide comme l'humidité du sépulcre ; je me crus encore une fois enterrée vivante. Que s'était-il passé ? que se passait-il encore ? je tombai à genoux, je tordis mes bras dans une prière désespérée, j'appelai Albert avec des cris furieux. Enfin, j'entends des pas sourds et inégaux, comme de gens qui s'approchent portant un fardeau. Un chien aboyait et gémissait, et plus prompt qu'eux, il vint à diverses reprises gratter à la porte. Elle s'ouvrit, et je vis Marcus et Zdenko m'apportant Albert, roidi, décoloré, mort enfin selon toutes les apparences. Son chien Cynabre sautait après lui et léchait ses mains pendantes. Zdenko chantait en improvisant d'une voix douce et pénétrée : « Viens dormir sur le sein de ta mère, pauvre ami si longtemps privé du repos ; viens dormir jusqu'au jour, nous t'éveillerons pour voir lever le soleil. »

« Je m'élançai sur mon fils. « Il n'est pas

mort? m'écriai-je. Oh! Marcus, vous l'avez
sauvé, n'est-ce pas? il n'est pas mort? il va
se réveiller? — Madame, ne vous flattez pas,
dit Marcus avec une fermeté épouvantable ;
je n'en sais rien, je ne puis croire à rien ;
ayez du courage, quoi qu'il arrive. Aidez-moi,
oubliez-vous vous-même. »

« Je n'ai pas besoin de vous dire quels soins
nous prîmes pour ranimer Albert. Grâce au
ciel, il y avait un poêle dans cette cave. Nous
réussîmes à réchauffer ses membres. « Voyez,
disais-je à Marcus, ses mains sont tièdes ! —
On peut donner de la chaleur au marbre, me
répondait-il d'un ton sinistre ; ce n'est pas
lui donner la vie. Ce cœur est inerte comme
de la pierre ! »

« D'épouvantables heures se traînèrent
dans cette attente , dans cette terreur , dans
ce découragement. Marcus, à genoux, l'o-
reille collée contre la poitrine de mon fils,
le visage morne, épiait en vain un faible in-

dice de la vie. Défaillante, épuisée, je n'osais
plus dire un mot, ni adresser une question.
J'interrogeais le front terrible de Marcus.
Un moment vint où je n'osai même plus le regarder ; j'avais cru lire la sentence suprême.

« Zdenko, assis dans un coin, jouait avec
Cynabre comme un enfant, et continuait à
chanter; il s'interrompait quelquefois pour
nous dire que nous tourmentions Albert, qu'il
fallait le laisser dormir, que lui, Zdenko, l'a-
vait vu ainsi des semaines entières, et qu'il
se réveillerait bien de lui-même. Marcus
souffrait cruellement de la confiance de cet
insensé ; il ne pouvait la partager; mais moi
je voulais m'obstiner à y ajouter foi, et j'é-
tais bien inspirée. L'insensé avait la divination céleste, la certitude angélique de la
vérité. Enfin, je crus saisir un imperceptible
mouvement sur le front d'airain de Marcus;
il me sembla que ses sourcils contractés se

détendaient. Je vis sa main trembler, pour se raidir dans un nouvel effort de courage ; puis il soupira profondément, retira son oreille de la place où le cœur de mon fils avait peut-être battu, essaya de parler, se contint, effrayé de la joie peut-être chimérique qu'il allait me donner, se pencha encore, écouta de nouveau, tressaillit, et tout à coup, se relevant et se rejetant en arrière, fléchit et retomba comme prêt à mourir. « Plus d'espérance ? m'écriai-je en arrachant mes cheveux. — Wanda ! répondit Marcus d'une voix étouffée, votre fils est vivant ! » Et, brisé par l'effort de son attention, de son courage et de sa sollicitude, mon stoïque et tendre ami alla tomber, comme anéanti, auprès de Zdenko. »

4

La comtesse Wanda, ébranlée par l'émotion d'un tel souvenir, reprit son récit après quelques minutes de silence.

« Nous passâmes dans la caverne plusieurs jours durant lesquels la force et la santé revinrent à mon fils avec une étonnante rapidité. Marcus, surpris de ne lui trouver aucune lésion organique, aucune altération profonde dans les fonctions de la vie, s'effrayait pourtant de son silence farouche et de son indifférence apparente ou réelle devant nos transports et l'étrangeté de sa situation. Albert avait perdu entièrement la mémoire. Plongé dans une sombre méditation, il faisait vainement de secrets efforts pour comprendre ce qui se passait autour de lui. Quant à moi, qui savais bien que le chagrin était la seule cause de sa maladie et de la catastrophe qui en avait été la suite, je n'étais pas aussi impatiente que Marcus de lui voir recouvrer les poignants souvenirs de son amour. Marcus lui-même avouait que cet effacement du passé dans son esprit pouvait seul expliquer le rapide retour de ses forces physiques. Son corps se ranimait aux dépens de son esprit, aussi vite qu'il s'était brisé sous l'effort douloureux de sa pensée.

« Il vit, et il vivra assurément, me disait-il;
mais sa raison, est-elle à jamais obscurcie?
— Sortons-le de ce tombeau le plus vite
possible , répondais-je ; l'air, le soleil et le
mouvement le réveilleront sans doute de ce
sommeil de l'âme. — Sortons-le surtout de
cette vie fausse et impossible qui l'a tué, reprenait Marcus. Éloignons-le de cette famille
et de ce monde qui contrarient tous ses instincts; conduisons-le auprès de ces âmes sympathiques au contact desquelles la sienne re-
couvrera sa clarté et sa vigueur. »

« Pouvais-je hésiter? En errant avec précaution au déclin du jour dans les environs du
Schreckenstein, où je feignais de demander
l'aumône aux rares passants des chemins ,
j'avais appris que le comte Christian était
tombé dans une sorte d'enfance. Il n'eût pas
compris le retour de son fils, et le spectacle
de cette mort anticipée, si Albert l'eût comprise à son tour, eût achevé de l'accabler.

Fallait-il donc le rendre et l'abandonner aux
soins malentendus de cette vieille tante, de
cet ignare chapelain et de cet oncle abruti,
qui l'avaient fait si mal vivre et si triste-
ment mourir ? « Ah ! fuyons avec lui, disais-je enfin à Marcus; qu'il n'ait pas sous les
yeux l'agonie de son père, et le spectacle effrayant de l'idolâtrie catholique dont on en-
toure le lit des mourants; mon cœur se brise
en songeant que cet époux, qui ne m'a pas
comprise, mais dont j'ai vénéré toujours les
vertus simples et pures, et que j'ai respecté
depuis mon abandon aussi religieusement que
durant mon union avec lui, va quitter la terre
sans qu'il nous soit possible d'échanger un
mutuel pardon. Mais puisqu'il le faut, puisque mon apparition et celle de son fils ne
pourraient que lui être indifférentes ou funestes, partons; ne rendons pas à cette
tombe de Riesenburg celui que nous avons
reconquis sur la mort, et à qui la vie ouvre

encore, je l'espère, un chemin sublime. Ah!
suivons le premier mouvement qui nous a
fait venir ici! Arrachons Albert à la captivité des faux devoirs que créent le rang et
la richesse; ces devoirs seront toujours des
crimes à ses yeux, et s'il s'obstine à les remplir pour complaire à des parents que la
vieillesse et la mort lui disputent déjà, il
mourra lui - même à la peine, il mourra le premier. Je sais ce que j'ai souffert dans cet esclavage de la pensée, dans
cette mortelle et incessante contradiction
entre la vie de l'âme et la vie positive, entre les principes, les instincts et des habitudes forcées. Je vois bien qu'il a repas-
sé par les mêmes chemins, et qu'il y a cueilli
les mêmes poisons. Sauvons-le donc, et s'il
veut revenir plus tard sur cette détermina-
tion que nous allons prendre, ne sera-t-il
pas libre de le faire? Si l'existence de son

père se prolonge, et si sa propre santé morale le lui permet, ne sera-t-il pas toujours à temps de revenir consoler les derniers jours de Christian par sa présence et son amour? — Difficilement ! répondit Marcus. J'entrevois dans l'avenir des obstacles terribles si Albert veut revenir sur son divorce avec la société constituée, avec le monde et la famille. Mais pourquoi Albert le voudrait-il? Cette famille va s'éteindre peut-être avant qu'il ait recouvré la mémoire, et ce qu'il lui restera à conquérir sur le monde, le nom, les honneurs et la richesse, je sais bien ce qu'il en pensera, le jour où il redeviendra lui-même. Fasse le ciel que ce jour arrive ! Notre tâche la plus importante et la plus pressée est de le placer dans des conditious où sa guérison soit possible. »

« Nous sortîmes donc une nuit de la grotte aussitôt qu'Albert put se soutenir. A peu de

distance du Schreckenstein, nous le plaçâmes
sur un cheval, et nous gagnâmes ainsi la
frontière, qui est fort rapprochée en cet endroit, comme vous savez, et où nous trouvâ-
mes des moyens de transport plus faciles et
plus rapides. Les relations que notre ordre
entretient avec les nombreux affiliés de l'ordre maçonnique nous assurent, dans tout
l'intérieur de l'Allemagne, la facilité de
voyager sans être connus et sans être soumis
aux investigations de la police. La Bohême
était le seul endroit périlleux pour nous, à
cause des récents mouvements de Prague et
de la jalouse surveillance du pouvoir autri-
chien.

— Et que devient Zdenko? demanda la
jeune comtesse de Rudolstadt.

— Zdenko faillit nous perdre par son obstination à empêcher notre départ, ou du
moins celui d'Albert, dont il ne voulait pas
se séparer, et qu'il ne voulait pas suivre. Il

persistait à s'imaginer qu'Albert ne pouvait
pas vivre hors de la fatale et lugubre demeure du Schrekenstein. « Ce n'est que là,
disait-il, que mon Podiebrad est tranquille ;
ailleurs on le tourmente, on l'empêche de
dormir, on le force à renier nos pères du
Mont-Tabor, et à mener une vie de honte et
de parjure qui l'exaspère. Laissez-le-moi ici ;
je le soignerai bien, comme je l'y ai si souvent soigné. Je ne troublerai pas ses méditations ; quand il voudra rester silencieux, je
marcherai sans faire de bruit, et je tiendrai
le museau de Cynabre des heures entières
dans mes mains, pour qu'il n'aille pas le
faire tressaillir en léchant la sienne ; quand il
voudra se réjouir, je lui chanterai les chan-
sons qu'il aime, je lui en composerai de nouvelles qu'il aimera encore, car il aimait
toutes mes compositions, et lui seul les comprenait. Laissez-moi mon Podiebrad, vous
dis-je. Je sais mieux que vous ce qui lui con-

vient, et quand vous voudrez encore le voir,
vous le trouverez jouant du violon ou plan-
tant de belles branches de cyprès, que j'irai
lui couper dans la forêt, pour orner le tombeau de sa mère bien aimée. Je le nourrirai
bien moi! Je sais toutes les cabanes où on ne
refuse jamais ni le pain, ni le lait, ni les fruits
au bon vieux Zdenko, et il y a longtemps
que les pauvres paysans du Bœhmer-Wald
sont habitués à nourrir, à leur insu, leur noble maître, le riche podiebrad. Albert n'aime point les festins où l'on mange la chair
des animaux ; il préfère la vie d'innocence
et de simplicité. Il n'a pas besoin de voir le
soleil, il préfère le rayon de la lune à travers
les bois, et quand il veut de la société, je
l'emmène dans les clairières, dans les endroits sauvages, où campent, la nuit, nos
bons amis les zingari, ces enfants du Seigneur, qui ne connaissent ni les lois ni la
richesse. »

« J'écoutais attentivement Zdenko, parce que ses discours naïfs me révélaient la vie qu'Albert avait menée avec lui dans ses fréquentes retraites au Schreckenstein. Ne craignez pas, ajoutait-il, que je révèle jamais à ses ennemis le secret de sa demeure. Ils sont si menteurs et si fous, qu'il disent à présent : « Notre enfant est mort, notre ami est mort, notre maître est mort. » Ils ne pourraient pas croire qu'il est vivant quand même ils le verraient. D'ailleurs n'étais-je pas habitué à leur répondre, quand ils me demandaient si j'avais vu le comte Albert : « Il est sans doute mort ? » Et comme je riais en disant cela, ils prétendaient que j'étais fou. Mais je parlais de mort pour me moquer d'eux, parce qu'ils croient ou font semblant de croire à la mort. Et quand les gens du château faisaient mine de me suivre, n'avais-je pas mille bons tours pour les dérouter? Oh! je connais toutes les ruses du lièvre et de la perdrix. Je sais, comme eux, me tapir dans un fourré, disparaître sous la bruyère, faire fausse route, bondir, franchir un torrent, m'arrêter dans une cachette pour me faire dépasser, et, comme le météore de nuit, les égarer et les enfoncer à leur grand risque dans les marécages et les fondrières. Ils appellent Zdenko, *l'innocent.* L'innocent est plus malin qu'eux tous. Il n'y a jamais qu'une fille, une sainte fille! qui a pu déjouer la prudence de Zdenko. Elle savait des mots magiques pour enchaîner sa colère; elle avait des talismans pour surmonter toutes les embûches et tous les dangers, elle s'appelait Consuelo.

« Lorsque Zdenko prononçait votre nom, Albert frémissait légèrement et détournait la tête; mais il la laissait aussitôt retomber sur sa poitrine, et sa mémoire ne se réveillait pas.

« J'essayai en vain de transiger avec ce

gardien si dévoué et si aveugle, en lui promettant de ramener Albert au Schreckenstein, à condition qu'il commencerait par le
suivre dans un autre endroit où Albert voulait aller. Je ne le persuadais point, et lorsque enfin moitié de gré, moitié de force,
nous l'eûmes contraint à laisser sortir mon
fils de la caverne, il nous suivit en pleurant,
en murmurant, et en chantant d'une voix
lamentable jusqu'au delà des mines de Cut-
temberg. Arrivés dans un endroit célèbre où
Ziska remporta jadis une de ses grandes vic-
toires sur Sigismond, Zdenko reconnut bien
les rochers qui marquent la frontière, car
nul n'a exploré comme lui, dans ses courses
vagabondes, tous les sentiers de cette contrée. Là il s'arrêta, et dit, en frappant la terre
de son pied : «Jamais plus Zdenko ne quittera
le sol qui porte les ossements de ses pères! Il
n'y a pas longtemps qu'exilé et banni par
mon Podiebrad pour avoir méconnu et me-

nacé la sainte fille qu'il aime, j'ai passé des
semaines et des mois sur la terre étrangère.
J'ai cru que j'y deviendrais fou. Je suis re-
venu depuis peu de temps dans mes forêts
chéries, pour voir dormir Albert, parcequ'une
voix m'avait chanté dans mon sommeil que
sa colère était passée. A présent qu'il ne me
maudit plus, vous me le volez. Si c'est pour
le conduire vers sa Consuelo, j'y consens.
Mais quant à quitter encore une fois mon pays,
quant à parler la langue de nos ennemis,
quant à leur tendre la main, quant à laisser
le Schreckenstein désert et abandonné, je
ne le ferai plus. Cela est au-dessus de mes
forces; et d'ailleurs, les voix de mon sommeil
me l'ont défendu. Zdenko doit vivre et mourir
sur la terre des Slaves; il doit vivre et mourir
en chantant la gloire des Slaves et leurs malheurs dans la langne de ses pères. Adieu et
partez! Si Albert ne m'avait pas défendu de
répandre le sang humain, vous ne me le

raviriez pas ainsi; mais il me maudirait encore
si je levais la main sur vous, et j'aime mieux
ne plus le voir que de le voir irrité contre moi.
Tu m'entends, ô mon Podiebrad ! s'écria-t-il
en pressant contre ses lèvres les mains de
mon fils, qui le regardait et l'écoutait sans
le comprendre : je t'obéis, et je m'en vais.
Quand tu reviendras, tu retrouveras ton poêle
allumé, tes livres rangés, ton lit de feuilles
renouvelé, et le tombeau de ta mère jonché
de palmes toujours vertes. Si c'est dans la
saison des fleurs, il y aura des fleurs sur elle
et sur les os de nos martyrs, au bord de la
source... Adieu, Cynabre! » Et en parlant
ainsi, d'une voix entrecoupée par les pleurs,
le pauvre Zdenko s'élança sur la pente des
rochers qui s'inclinent vers la Bohême, et
disparut avec la rapidité d'un daim aux premières lueurs du jour.

« Je ne vous raconterai pas, chère Consuelo, les anxiétés de notre attente durant les

premières semaines qu'Albert passa ici auprès de nous. Caché dans le pavillon que vous
habitez maintenant, il revint peu à peu à la
vie morale que nous nous efforcions de réveiller en lui, avec lenteur et précaution cependant. La première parole qui sortit de ses
lèvres après deux mois de silence absolu fut
provoquée par une émotion musicale. Marcus avait compris que la vie d'Albert était liée
à son amour pour vous, et il avait résolu de
n'invoquer le souvenir de cet amour qu'autant qu'il vous saurait digne de l'inspirer
et libre d'y répondre un jour. Il prit donc
sur vous les informations les plus minutieuses,
et, en peu de temps, il connut les moindres
détails de votre caractère, les moindres par-
ticularités de votre vie passée et présente.
Grâce à l'organisation savante de notre ordre,
aux rapports établis avec toutes les autres
sociétés secrètes, à une quantité de néophytes et d'adeptes dont les fonctions consistent

à examiner avec la plus scrupuleuse attention les choses et les personnes qui nous intéressent, il n'est rien qui puisse échapper à nos investigations. Il n'est point de secrets pour nous dans le monde. Nous savons pénétrer dans les arcanes de la politique, comme dans les intrigues des cours. Votre vie sans tache, votre caractère sans détours n'étaient donc pas bien difficiles à connaître et à juger. Le baron de Trenck, dès qu'il sut que l'homme dont vous aviez été aimée et que vous ne lui aviez jamais nommé, n'était autre que son ami Albert, nous parla de vous avec effusion. Le comte de Saint-Germain, un des hommes les plus distraits en apparence et les plus clairvoyants en réalité, ce visionnaire étrange, cet esprit supérieur qui ne semble vivre que dans le passé et auquel rien n'échappe dans le présent, nous eut bien vite fourni sur vous les renseignements les plus complets. Ils furent tels, que dès lors je m'attachai à vous avec tendresse et vous regardai comme ma propre fille.

« Quand nous fûmes assez instruits pour nous diriger avec certitude, nous fîmes venir d'habiles musiciens sous cette fenêtre où nous voici maintenant assises. Albert était là où vous êtes, appuyé contre ce rideau, et contemplant le coucher du soleil ; Marcus tenait une de ses mains et moi l'autre. Au milieu d'une symphonie composée exprès pour quatre instruments, dans laquelle nous avions fait placer divers motifs des airs bohémiens qu'Albert joue avec tant d'âme et de religion, on lui fit entendre le cantique à la Vierge avec lequel vous l'aviez charmé autrefois.

« O Consuelo de mi alma.., »

« A ce moment, Albert, qui s'était montré légèrement ému à l'audition des chants de notre vieille Bohême, se jeta dans mes

bras en fondant en larmes, et en s'écriant :
« O ma mère ! ô ma mère ! ».

« Marcus fit cesser la musique, il était
content de l'émotion produite ; il ne voulait
pas en abuser pour une première fois. Albert
avait parlé, il m'avait reconnue, il avait retrouvé la force d'aimer. Bien des jours se pas-
sèrent encore avant que son esprit eût recouvré toute sa liberté. Il n'eut cependant aucun
accès de délire. Lorsqu'il paraissait fatigué
de l'exercice de ses facultés, il retombait
dans un morne silence ; mais insensiblement
sa physionomie prenait une expression moins
sombre, et peu à peu nous combattîmes
avec douceur et ménagement cette disposition taciturne. Enfin nous eûmes le bonheur
de voir disparaître en lui ce besoin de repos
intellectuel, et il n'y eut plus de suspension
dans le travail de sa pensée qu'aux heures d'un
sommeil régulier, paisible, et à peu près semblable à celui des autres hommes ; Albert re-

trouva la conscience de sa vie, de son amour
pour vous et pour moi, de sa charité et de
son enthousiasme pour ses semblables et
pour la vertu, de sa foi, et de son besoin
de la faire triompher. Il continua de vous
chérir sans amertume, sans méfiance, et
sans regret de tout ce qu'il avait souffert
pour vous. Mais, malgré le soin qu'il prit de
nous rassurer et nous montrer son courage
et son abnégation, nous vîmes bien que
sa passion n'avait rien perdu de son intensité.
Il avait acquis seulement plus de force morale et physique pour la supporter ; nous ne
cherchâmes point à la combattre. Loin de là
nous unissions nos efforts, Marcus et moi,
pour lui donner de l'espérance, et nous réso-
lûmes de vous instruire de l'existence de cet
époux dont vous portiez le deuil religieusement, non pas sur vos vêtements, mais dans
votre âme. Mais Albert, avec une résignation généreuse et un sens juste de sa situation à

votre égard, nous empêcha de nous hâter. Elle ne m'a pas aimé d'amour, nous dit-il; elle a eu pitié de moi dans mon agonie; elle ne se fût pas engagée sans terreur et peut-être sans désespoir à passer sa vie avec moi. Elle reviendrait à moi par devoir maintenant. Quel malheur serait le mien de lui ravir sa liberté, les émotions de son art, et peut-être les joies d'un nouvel amour! C'est bien assez d'avoir été l'objet de sa compassion; ne me réduisez pas à être celui de son pénible dévouement. Laissez-la vivre; laissez-lui connaître les plaisirs de l'indépendance, les enivrements de la gloire, et de plus grands bonheurs encore s'il le faut! Ce n'est pas pour moi que je l'aime, et s'il est trop vrai qu'elle soit nécessaire à mon bonheur, je saurai bien renoncer à être heureux, pourvu que mon sacrifice lui profite! D'ailleurs, suis-je né pour le bonheur? y ai-je droit lorsque tout souffre et gémit dans le monde? N'ai-je pas d'autres

devoirs que celui de travailler à ma propre
satisfaction? Ne trouverai-je pas dans l'exercice de ces devoirs la force de m'oublier et
de ne plus rien désirer pour moi-même? Je
veux du moins le tenter; si je succombe,
vous prendrez pitié de moi, vous travaillerez
à me donner du courage; cela vaudra mieux
que de me bercer de vaines espérances, et
de me rappeler sans cesse que mon cœur est
malade et dévoré de l'égoïste désir d'être heureux. Aimez-moi, ô mes amis! bénissez-moi,
ô ma mère, et ne me parlez pas de ce qui
m'ôte la force et la vertu, quand malgré moi
je sens l'aiguillon de mes tourments! Je sais
bien que le plus grand mal que j'aie subi à
Riesenburg, c'est celui que j'ai fait aux autres.
Je redeviendrais fou, je mourrais peut-être
en blasphémant, si je voyais Consuelo souffrir
les angoisses que je n'ai pas su épargner aux
autres objets de mon affection.

« Sa santé paraissait complétement réta-

blie, et d'autres secours que ceux de ma tendresse l'aidaient à combattre sa malheureuse
passion. Marcus et quelques-uns des chefs de
notre ordre l'initiaient avec ferveur aux
mystères de notre entreprise. Il trouvait des
joies sérieuses et mélancoliques dans ces
vastes projets, dans ces espérances hardies,
et surtout dans ces longs entretiens philosophiques où, s'il ne rencontrait pas toujours
une entière similitude d'opinions entre lui et
ses nobles amis, il sentait du moins son âme
en contact avec la leur dans tout ce qui tenait au sentiment profond et ardent, à l'a-
mour du bien, au désir de la justice et de la
vérité. Cette aspiration vers les choses idéales, longtemps comprimée et refoulée en lui
par les étroites terreurs de sa famille, trouvait enfin un libre espace pour se développer,
et ce développement, secondé par de nobles
sympathies, excité même par de franches et
amicales contradictions, était l'atmosphère

vitale dans laquelle il pouvait respirer et agir,
quoique dévoré d'une peine secrète. Albert
est un esprit essentiellement métaphysique.
Rien ne lui a jamais souri dans la vie frivole
où l'égoïsme cherche ses aliments. Il est né
pour la contemplation des plus hautes vérités
et pour l'exercice des plus austères vertus ;
mais en même temps, par une perfection de
beauté morale bien rare parmi les hommes,
il est doué d'une âme essentiellement tendre
et aimante. La charité ne lui suffit pas, il lui
faut les affections. Son amour s'étend à tous,
et pourtant il a besoin de le concentrer plus
particulièrement sur quelques-uns. Il est fanatique de dévouement ; mais sa vertu n'a
rien de farouche. L'amour l'enivre, l'amitié
le domine, et sa vie est un partage fécond,
inépuisable entre l'être abstrait qu'il révère
passionnément sous le nom d'humanité, et les
êtres particuliers qu'il chérit avec délices.
Enfin, son cœur sublime est un foyer d'amour;

toutes les nobles passions y trouvent place et
y vivent sans rivalité. Si l'on pouvait se représenter la Divinité sous l'aspect d'un être
fini et périssable, j'oserais dire que l'âme de
mon fils est l'image de l'âme universelle que
nous appelons Dieu.

« Voilà pourquoi, faible créature humaine,
infinie dans son aspiration et bornée dans ses
moyens, il n'avait pu vivre auprès de ses parents. S'il ne les eût point ardemment aimés, il eût pu se faire au milieu d'eux une
vie à part, une foi robuste et calme, diffé-
rente de la leur, et indulgente pour leur aveuglement inoffensif; mais cette force eût récla-
mé une certaine froideur qui lui était aussi impossible qu'elle me l'avait été à moi-même. Il
n'avait pas su vivre isolé d'esprit et de cœur;
il avait invoqué avec angoisse leur adhésion,
et appelé avec désespoir la communion des
idées entre lui et ces êtres qui lui étaient si
chers. Voilà pourquoi, enfermé seul dans la

muraille d'airain de leur obstination catholique, de leurs préjugés sociaux et de leur
haine pour la religion de l'égalité, il s'était
brisé contre leur sein en gémissant ; il s'é-
tait desséché comme une plante privée de
rosée, en appelant la pluie du ciel qui lui
eût donné une existence commune avec les
objets de son affection. Lassé de souffrir seul,
d'aimer seul, de croire et de prier seul, il
avait cru retrouver la vie en vous, et lorsque
vous aviez accepté et partagé ses idées, il
avait recouvré le calme et la raison ; mais
vous ne partagiez pas ses sentiments, et votre séparation devait le replonger dans un
isolement plus profond et plus insupportable.
Sa foi, niée et combattue sans cesse, devint
une torture au-dessus des forces humaines.
Le vertige s'empara de lui. Ne pouvant retremper l'essence la plus sublime de sa vie

dans des âmes semblables à la sienne, il dut
se laisser mourir.

« Dès qu'il eût trouvé ces cœurs faits pour
le comprendre et le seconder , nous fûmes
étonnés de sa douceur dans la discussion, de
sa tolérance, de sa confiance et de sa modes-
tie. Nous avions craint, d'après son passé,
quelque chose de trop farouche, des opinions
trop personnelles, une âpreté de paroles res-
pectables dans un esprit convaincu et enthousiaste, mais dangereuse à ses progrès, et nui-
sible à une association du genre de la nôtre.
Il nous étonna par la candeur de son caractère et le charme de son commerce. Lui qui
nous rendait meilleurs et plus forts en nous
parlant et en nous enseignant, il se persuadait recevoir de nous tout ce qu'il nous donnait. Il fut bientôt ici l'objet d'une vénéra-
tion sans bornes, et vous ne devez pas vous
étonner que tant de gens se soient occupés

de vous ramener vers lui lorsque vous saurez que son bonheur devint le but des efforts
communs, le besoin de tous ceux qui
l'avaient approché, ne fût-ce qu'un instant. »

5

« Mais le cruel destin de notre race n'était pas encore accompli. Albert devait souffrir encore, son cœur devait saigner éternellement pour cette famille, innocente de tous ses maux, mais condamnée par une bizarre fatalité à le briser en se brisant contre lui.

Nous ne lui avions pas caché, aussitôt qu'il
avait eu la force de supporter cette nouvelle,
la mort de son respectable père, arrivée peu
de temps après la sienne propre: car il faut
bien que je me serve de cette étrange expression pour caractériser un évènement si
étrange. Albert avait pleuré son père avec
un attendrissement enthousiaste, avec la
certitude qu'il n'avait pas quitté cette vie
pour entrer dans le néant du paradis ou de
l'enfer des catholiques, avec l'espèce de joie
solennelle que lui inspirait l'espoir d'une vie
meilleure et plus large ici-bas pour cet homme pur et digne de récompense. Il s'affli-
geait donc beaucoup plus de l'abandon où
restaient ses autres parents, le baron Frédéric et la chanoinesse Wenceslawa, que du
départ de son père. Il se reprochait de goû-
ter loin d'eux des consolations qu'ils ne par-
tageaient pas, et il avait résolu d'aller les
rejoindre pour quelque temps, de leur faire

connaître le secret de sa guérison, de sa résurrection miraculeuse, et d'établir leur existence de la manière la plus heureuse possible. Il ignorait la disparition de sa cousine Amélie, arrivée durant sa maladie à Riesenburg, et qu'on lui avait cachée avec soin pour lui épargner un chagrin de plus. Nous n'avions pas jugé à propos de l'en instruire, nous n'avions pas pu soustraire ma malheureuse nièce a un égarement déplorable, et lorsque nous allions nous emparer de son séducteur, l'orgueil moins indulgent des Rudolstadt saxons nous avait devancés. Ils avaient fait arrêter secrètement Amélie sur les terres de Prusse, où elle se flattait de trouver un refuge; ils l'avaient livrée à la rigueur du roi Frédéric, et ce monarque leur avait donné cette gracieuse marque de protection, de faire enfermer une jeune fille infortunée dans la forteresse de Spandau. Elle y a passé près d'un an dans une affreuse captivité, n'ayant de relations avec personne, et devant s'estimer heureuse de voir le secret de son déshonneur étroitement gardé par la généreuse protection du monarque geôlier.

— Oh ! madame, interrompit Consuelo avec émotion, est-elle donc encore à Spandau?

— Nous venons de l'en faire sortir. Albert et Liverani n'ont pu l'enlever en même temps que vous, parcequ'elle était beaucoup plus étroitement surveillée; ses révoltes, ses imprudentes tentatives d'évasion, son impatience et ses emportements ayant aggravé les rigueurs de son esclavage. Mais nous avons d'autres moyens que ceux auxquels vous avez dû votre salut. Nos adeptes sont partout, et quelques-uns cultivent le crédit des cours afin de s'en servir pour la réussite de nos desseins. Nous avons fait obtenir pour Amélie la protection de la jeune margrave de Bareith,

sœur du roi de Prusse, qui a demandé et ob-
tenu sa mise en liberté, en promettant de se
charger d'elle et de répondre de sa conduite
à l'avenir. Dans peu de jours la jeune baronne
sera auprès de la princesse Sophie Wilhel-
mine qui a le cœur aussi bon que la langue
mauvaise, et qui lui accordera la même indulgence et la même générosité qu'elle a eues
envers la princesse de Culmbach, une autre
infortunée, flétrie aux yeux du monde comme
Amélie, et qui a été victime comme elle du
régime pénitentiaire des forteresses royales.

« Albert ignorait donc les malheurs de sa
cousine, lorsqu'il prit la résolution d'aller
voir son oncle et sa tante au château des
Géants. Il n'eût pu se rendre compte de l'i-
nertie de ce baron Frédéric, qui avait la force
animale de vivre, de chasser et de boire après
tant de désastres, et l'impassibilité dévote
de cette chanoinesse, qui craignait, en faisant des démarches pour retrouver sa pa-

rente, de donner plus d'éclat au scandale de
son aventure. Nous avions combattu le projet d'Albert avec épouvante, mais il y avait
persisté à notre insu. Il partit une nuit en
nous laissant une lettre qui nous promettait
un prompt retour. Son absence fut courte en
effet ; mais qu'il en rapporta de douleurs !

« Couvert d'un déguisement, il pénétra en
Bohême, et alla surprendre le solitaire Zdenko
dans la grotte du Schreckenstein. De là il
voulait écrire à ses parents pour leur faire
connaître la vérité, et pour les préparer à la
commotion de son retour. Il connaissait Amélie pour la plus courageuse en même temps
que la plus frivole, et c'était à elle qu'il
comptait envoyer sa première missive par
Zdenko. Au moment de le faire, et comme
Zdenko était sorti sur la montagne, c'était à
l'approche de l'aube, il entendit un coup de
fusil et un cri déchirant. Il s'élance dehors,

et le premier objet qui frappe ses yeux, c'est
Zdenko rapportant dans ses bras Cynabre
ensanglanté. Courir vers son pauvre vieux
chien, sans songer à se cacher le visage, fut
le premier mouvement d'Albert; mais comme
il rapportait l'animal fidèle, blessé à mort,
vers l'endroit appelé la *Cave du moine*, il vit
accourir vers lui autant que le permettaient
la vieillesse et l'obésité, un chasseur jaloux
de ramasser sa proie. C'était le baron Frédéric qui, chassant à l'affût, aux premières clar-
tés du matin, avait pris, dans le crépuscule,
la robe fauve de Cynabre pour le poil d'une
bête sauvage: Il l'avait visé à travers les
branches. Hélas! il avait encore le coup-
d'œil juste et la main sûre, il l'avait touché,
il lui avait mis deux balles dans le flanc. Tout
à coup il aperçut Albert, et, croyant voir un
spectre, il s'arrêta glacé de terreur. N'ayant
plus conscience d'aucun danger réel, il recula
jusqu'au bord du sentier escarpé qu'il cô-

toyait, et roula dans un précipice où il tomba
brisé sur les rochers. Il expira sur le coup, à
la place fatale où s'était élevé, pendant des
siècles, l'arbre maudit, le fameux chêne du
Schreckenstein, appelé *le Hussite*, témoin et
complice jadis des plus horribles catastro-
phes.

« Albert vit tomber son parent et quitta
Zdenko pour courir vers le bord de l'abîme.
Il vit alors les gens du baron qui s'empres-
saient à le relever en remplissant l'air de leurs
gémissements, car il ne donnait plus signe de
vie. Albert entendit ces mots s'élever jusqu'à
lui : il est mort, notre pauvre maître ! Hélas,
que va dire madame la chanoinesse ! » Albert ne songeait plus à lui-même, il cria, il
appela. Aussitôt qu'on l'eut aperçu, une terreur panique s'empara de ces crédules serviteurs. Ils abandonnaient déjà le corps de
leur maître pour fuir, lorsque le vieux Hanz,
le plus superstitieux et aussi le plus coura-

geux de tous, les arrêta et leur dit en faisant
le signe de la croix : « Mes enfants, ce n'est
pas notre maître Albert qui nous apparaît.
C'est l'esprit du Schreckenstein qui a pris sa
figure pour nous faire tous périr ici, si nous
sommes lâches. Je l'ai bien vu, c'est lui qui
a fait tomber monsieur le baron. Il voudrait
emporter son corps pour le dévorer, c'est un
vampire ! Allons ! du cœur, mes enfants. On
dit que le diable est poltron. Je vais le coucher en joue, pendant ce temps, dites la
prière d'exorcisme de monsieur le chapelain. » En parlant ainsi, Hanz, ayant fait encore plusieurs signes de croix, leva son fusil
et tira sur Albert, tandis que les autres valets
se serraient autour du cadavre du baron.
Heureusement Hanz était trop ému et trop
épouvanté pour viser juste : il agissait dans
une sorte de délire. La balle siffla néanmoins
sur la tête d'Albert, car Hanz était le meilleur
tireur de toute la contrée, et, s'il eût été de

sang-froid, il eût infailliblement tué mon
fils. Albert s'arrêta irrésolu. Courage, enfants, courage! cria Hanz en rechargeant son
fusil. Tirez dessus, il a peur! Vous ne le
tuerez pas, les balles ne peuvent pas l'attein-
dre, mais vous le ferez reculer, et nous aurons le temps d'emporter le corps de notre
pauvre maître. »

« Albert, voyant tous les fusils dirigés sur
lui, s'enfonça dans le taillis, et descendant
sans être vu la pente de la montagne, s'assura bientôt par ses yeux de l'horrible vérité.
Le corps brisé de son malheureux oncle gisait sur les pierres ensanglantées. Son crâne
était ouvert, et le vieux Hanz criait d'une
voix désolée ces paroles épouvantables :
« Ramassez sa cervelle et n'en laissez pas sur
les rochers; car le chien du vampire viendrait
la lécher. — Oui, oui, il y avait un chien,
répondait un autre serviteur, un chien que
j'ai d'abord pris pour Cynabre. — Mais Cy-

nabre a disparu depuis la mort du comte
Albert, disait un troisième, on ne l'a plus
revu nulle part ; il sera mort dans quelque
coin, et le Cynabre que nous avons vu là-
haut est une ombre, comme ce vampire est
une ombre aussi, ressemblant au comte Albert. Abominable vision ! je l'aurai toujours
devant les yeux. Seigneur Dieu ! ayez pitié de
nous et de l'âme de monsieur le baron mort
sans sacrements, par la malice de l'esprit.
— Hélas ! je lui disais bien qu'il lui arrive-
rait malheur, reprenait Hanz d'un ton lamentable, en rassemblant les lambeaux de vêtements du baron avec des mains teintes de
son sang ; il voulait toujours venir chasser
dans cet endroit trois fois maudit ! Il se persuadait que, parce que personne n'y venait,
tout le gibier de la forêt s'y était remisé ; et
Dieu sait pourtant qu'il n'y a jamais eu d'autre gibier sur cette infernale montagne que

celui qui pendait encore, dans ma jeunesse, aux branches du chêne. Maudit hussite ! arbre de perdition ! le feu du ciel l'a dévoré ; mais tant qu'il en restera une racine dans la terre, les méchants hussites reviendront ici pour se venger des catholiques. Allons, allons, disposez vite ce brancard et partons ! on n'est pas en sûreté ici. Ah ! madame la chanoinesse, pauvre maîtresse, que va-t-elle devenir ! Qui est-ce qui osera se présenter le premier devant elle, pour lui dire, comme les autres jours : « Voilà monsieur le baron qui revient de la chasse » Elle dira : « Faites bien vite servir le déjeûner : « Ah ! oui, le déjeûner ! il se passera bien du temps avant que personne ait de l'appétit dans le château. Allons ! allons ! c'est trop de malheurs dans cette famille, et je sais bien d'où cela vient, moi ! »

« Tandis qu'on plaçait le cadavre sur le brancard, Hanz, pressé de questions, répon-

dit en secouant la tête : « Dans cette fa-
mille-là, tout le monde était pieux et mou-
rait chrétiennement, jusqu'au jour où la
comtesse Wanda, à qui Dieu fasse miséri-
corde, est morte sans confession. Depuis ce
temps, il faut que tous finissent de même.
Monsieur le comte Albert n'est point mort en
état de grâce, quoi qu'on ait pu lui dire, et
son digne père en a porté la peine : il a rendu
l'âme sans savoir ce qu'il faisait ; en voilà
encore un qui s'en va sans sacrements, et je
parie que la chanoinesse finira aussi sans
avoir le temps d'y songer. Heureusement pour
cette sainte femme qu'elle est toujours en
état de grâce ! »

« Albert ne perdit rien de ces déplorables
discours, expression grossière d'une douleur
vraie, et reflet terrible de l'horreur fanatique dont nous étions l'objet tous les deux à
Riesenburg. Longtemps frappé de stupeur,

il vit défiler au loin, à travers les sentiers du ravin, le lugubre cortège, et n'osa pas le suivre, bien qu'il sentît que, dans l'ordre naturel des choses, il eût dû être le premier à porter cette triste nouvelle à sa vieille tante, pour l'assister dans sa mortelle douleur. Mais il est bien certain que, s'il l'eût fait, son apparition l'eût frappée de mort où de démence. Il le comprit et se retira désespéré dans sa caverne, où Zdenko, qui n'avait rien vu de l'accident le plus grave de cette funeste matinée, était occupé à layer la blessure de Cynabre; mais il était trop tard. Cynabre, en voyant rentrer son maître, fit entendre un gémissement de détresse, rampa jusqu'à lui malgré ses reins brisés, et vint expirer à ses pieds, en recevant ses dernières caresses. Quatre jours après, nous vîmes revenir Albert, pâle et accablé de ces nouveaux coups. Il demeura plusieurs jours sans parler et sans pleurer. Enfin ses larmes coulèrent dans mon sein. « Je suis maudit parmi les hommes, me dit-il, et il semble que Dieu veuille me fermer l'accès de ce monde, où je n'aurais dû aimer personne. Je n'y peux plus reparaître sans y porter l'épouvante, la mort ou la folie. C'en est fait, je ne dois plus revoir ceux qui ont pris soin de mon enfance. Leurs idées sur la séparation éternelle de l'âme et du corps sont si absolues, si effrayantes, qu'ils aiment mieux me croire à jamais enchaîné dans le tombeau que d'être exposés à revoir mes traits sinistres. Etrange et affreuse notion de la vie ! Les morts deviennent des objets de haine à ceux qui les ont le plus chéris, et si leur spectre apparaît, on les suppose vomis par l'enfer au lieu de les croire envoyés du ciel. O mon pauvre oncle ! ô mon noble père ! vous étiez des hérétiques à mes yeux comme je l'étais moi-même aux vôtres ; et

pourtant, si vous m'apparaissiez, si j'avais le
bonheur de revoir votre image détruite par
la mort, je la recevrais à genoux, je lui ten-
drais les bras, je la croirais détachée du sein
de Dieu, où les âmes vont se retremper, et où
les formes se recomposent. Je ne vous dirais
pas vos abominables formules de renvoi et de
malédiction, exorcismes impies de la peur et
de l'abandon ; je vous appellerais au contraire ; je voudrais vous contempler avec
amour et vous retenir autour de moi comme
des influences secourables. O ma mère ! c'en
est fait ; il faut que je sois mort pour eux !
qu'ils meurent par moi ou sans moi ! »

Albert n'avait quitté sa patrie qu'après
s'être assuré que la chanoinesse avait résisté à ce dernier choc du malheur. Cette
vieille femme, aussi malade et aussi fortement trempée que moi-même, sait vivre
aussi par le sentiment du devoir. Respectable

dans ses convictions et dans son infortune, elle compte avec résignation les jours amers que la volonté de Dieu lui impose encore. Mais dans sa douleur, elle conserve une certaine roideur orgueilleuse qui survit aux affections. Elle disait dernièrement à une personne qui nous l'a écrit : « Si on ne supportait pas la vie par devoir, il faudrait encore la supporter par respect pour les convenances. » Ce mot vous peint toute la chanoinesse.

« Dès lors Albert ne songea plus à nous quitter, et son courage sembla grandir dans les épreuves. Il sembla avoir vaincu même son amour, et se rejetant dans une vie toute philosophique, il ne parut plus occupé que de religion, de science morale et d'action révolutionnaire ; il se livra aux travaux les plus sérieux, et sa vaste intelligence prit ainsi un développement aussi serein et aussi ma-

gnifique que son triste cœur en avait eu un
excessif et fiévreux loin de nous. Cet homme
bizarre, dont le délire avait consterné les
âmes catholiques, devint un flambeau de sagesse pour des esprits d'un ordre supérieur.
Il fut initié aux plus intimes confidences des
Invisibles, et prit rang parmi les chefs et les
pères de cette église nouvelle. Il leur porta
bien des lumières qu'ils reçurent avec amour
et reconnaissance. Les réformes qu'il proposa
furent consenties, et dans l'exercice d'une
foi militante, il revint à l'espérance et à la
sérénité d'âme qui fait les héros et les martyrs.

« Nous pensions qu'il avait triomphé de
son amour pour vous, tant il avait pris de
soin de nous cacher ses combats et ses souffrances. Mais un jour, la correspondance des
adeptes, qu'il n'était plus possible de lui cacher, apporta dans notre sanctuaire un avis

cruel, malgré l'incertitude dont il restait entouré. Vous passiez à Berlin dans l'esprit de quelques personnes pour la maîtresse du roi de Prusse, et les apparences ne démentaient pas cette supposition; Albert ne dit rien et devint pâle.

« Mon amie bien-aimée, me dit-il après quelques instants de silence, cette fois tu me laisseras partir sans rien craindre; le devoir de mon amour m'appelle à Berlin, ma place est auprès de celle que j'aime et qui a accepté ma protection. Je ne m'arroge aucun droit sur elle; si elle est enivrée du triste honneur qu'on lui attribue, je n'userai d'aucune autorité pour l'y faire renoncer; mais si, comme j'en suis certain, elle est environnée de pièges et de dangers, je saurai l'y soustraire.

— Arrêtez, Albert, lui dis-je, et craignez la puissance de cette fatale passion qui vous a déjà fait tant de mal; le mal qui vous vien-

dra de ce côté-là est le seul au-dessus de vos
forces. Je vois bien que vous ne vivez plus
que par la vertu et votre amour. Si cet amour
périt en vous, la vertu vous suffira-t-elle?
— Et pourquoi mon amour périrait-il? reprit Albert avec exaltation. Vous pensez
donc qu'elle aurait déjà cessé d'en être digne? — Et si cela était, Albert, que ferais-
tu? » Il sourit avec ces lèvres pâles et ce
regard brillant que lui donnent ses fortes et
douloureuses pensées d'enthousiasme. « Si
cela était, répondit-il, je continuerais à l'aimer; car le passé n'est point un rêve qui
s'efface en moi, et vous savez que je l'ai souvent confondu avec le présent au point de ne
plus distinguer l'un de l'autre. Eh bien, je
ferais encore ainsi; j'aimerais dans le passé
cette figure d'ange, cette âme de poète, dont
ma sombre vie a été éclairée et embrassée
soudainement. Et je ne m'apercevrais pas

que le passé est derrière moi, j'en garderais
dans mon sein la trace brûlante ; l'être égaré, l'ange tombé m'inspirerait tant de sollicitude et de tendresse encore, que ma vie
serait consacrée à le consoler de sa chute et
à le soustraire au mépris des hommes
cruels. »

« Albert partit pour Berlin avec plusieurs
de nos amis, et eut pour prétexte auprès de
la princesse Amélie, sa protectrice, de l'entretenir de Trenck, alors prisonnier à Glatz,
et des opérations maçonniques auxquelles
elle est initiée. Vous l'avez vu présidant une
loge de rose-croix, et il n'a pas su à cette
époque que Cagliostro, informé malgré nous
de ses secrets, s'était servi de cette circonstance pour ébranler votre raison en vous le
faisant voir à la dérobée comme un spectre.
Pour ce seul fait d'avoir laissé jeter à une
personne *profane* un coup d'œil sur les mys-

tères maçonniques, l'intrigant Cagliostro eût
mérité d'en être à jamais exclu. Mais on l'i-
gnora assez longtemps, et vous devez vous
rappeler la terreur qu'il éprouvait en vous
conduisant auprès du *Temple*. Les peines ap-
plicables à ces sortes de trahisons sont sévè-
rement châtiées par les adeptes, et le magi-
cien, en faisant servir les mystères de son
ordre aux prétendus prodiges de son art
merveilleux, risquait peut-être sa vie, tout
au moins sa grande réputation de nécroman-
cien, car on l'eût démasqué et chassé immédiatement.

« Dans le court et mystérieux séjour qu'il
fit à Berlin à cette époque, Albert sut pénétrer assez avant dans vos démarches et dans
vos pensées pour se rassurer sur votre situation. Il vous surveilla de près à votre insu, et
revint, tranquille en apparence, mais plus
ardemment épris de vous que jamais. Du-

rant plusieurs mois, il voyagea à l'étranger, et servit notre cause avec activité. Mais ayant été averti que quelques intrigants, peut-être espions du roi de Prusse, tentaient d'ourdir à Berlin une conspiration particulière, dangereuse pour l'existence de la maçonnerie, et probablement funeste pour le prince Henri et pour sa sœur l'abbesse de Quedlimbourg, Albert courut à Berlin, afin d'avertir ces princes de l'absurdité d'une telle tentative, et de les mettre en garde contre le piége qu'elle lui semblait couvrir. Vous le vîtes alors ; et, quoique épouvantée de son apparition, vous montrâtes tant de courage ensuite, et vous exprimâtes à ses amis tant de dévouement et de respect pour sa mémoire, qu'il retrouva l'espoir d'être aimé de vous. Il fut donc résolu qu'on vous apprendrait la vérité de son existence par une suite de révélations mystérieuses. Il

a été bien souvent près de vous, et caché
jusque dans votre appartement, durant vos
entretiens orageux avec le roi, sans que
vous en eussiez connaissance. Pendant ce
temps, les conspirateurs s'irritaient des obstacles qu'Albert et ses amis apportaient à
leurs desseins coupables ou insensés. Frédéric III eut des soupçons. L'apparition de la
balayeuse, ce spectre que tous les conspirateurs promènent dans les galeries du palais,
pour y fomenter le désordre et la peur, éveil-
la sa surveillance. La création d'une loge
maçonnique , à la tête de laquelle se plaça
le prince Henri, et qui se trouva , du premier coup, en dissidence de doctrines avec
celle que préside le roi en personne, parut à
ce dernier un acte significatif de révolte ; et
peut-être, en effet, cette création de la nouvelle loge était-elle un masque maladroit
que prenaient certains conjurés, ou une ten-

tative pour compromettre d'illustres personnages. Heureusement ils s'en garantirent ;
et le roi, furieux en apparence de ne trouver que d'obscurs coupables, mais satisfait
en secret de n'avoir pas à sévir contre sa
propre famille, voulut au moins faire un
exemple. Mon fils, le plus innocent de tous,
fut arrêté et transféré à Spandau, presque
en même temps que vous, dont l'innocence
n'était pas moins avérée ; mais vous aviez
eu tous deux le tort de ne vouloir vous sauver aux dépens de personne, et vous payâtes
pour tous les autres. Vous avez passé plusieurs mois en prison, non loin de la cellule
d'Albert, et vous avez dû entendre les ac-
cents passionnés de son archet, comme il a
entendu ceux de votre voix. Il avait à sa
disposition des moyens d'évasion prompts et
certains ; mais il ne voulut point en user
avant d'avoir assuré la vôtre. La clef d'or est

plus forte que tous les verroux des prisons
royales ; et les geôliers prussiens, soldats
mécontents ou officiers en disgrâce pour la
plupart, sont éminemment corruptibles. Albert s'évada en même temps que vous, mais
vous ne le vîtes pas ; et, pour des raisons
que vous saurez plus tard, Liverani fut
chargé de vous amener ici. Maintenant vous
savez le reste. Albert vous aime plus que jamais ; mais il vous aime plus que lui-même,
et il sera mille fois moins malheureux de votre bonheur avec un autre qu'il ne le serait
du sien propre, si vous ne le partagiez pas
entièrement. Les lois morales et philosophiques, l'autorité religieuse, sous lequelles
vous vous trouvez désormais placés l'un et
l'autre, permettent son sacrifice , et rendent
votre choix libre et respectable. Choisissez
donc, ma fille ; mais souvenez-vous que la
mère d'Albert vous demande à genoux de

ne pas porter atteinte à la sublime candeur
de son fils, en lui faisant un sacrifice dont
l'amertume retomberait sur sa vie. Votre
abandon le fera souffrir, mais votre pitié,
sans votre amour, le tuera. L'heure est venue de vous prononcer. Je ne dois pas savoir
votre décision. Passez dans votre chambre ;
vous y trouverez deux parures bien différen-
tes : celle que vous choisirez décidera du
sort de mon fils.

« — Et laquelle des deux doit signifier de
mon divorce avec lui ? demanda Consuelo
toute tremblante.

« — J'étais chargée de vous l'apprendre ;
mais je ne le ferai point. Je veux savoir si
vous le devinerez. »

La comtesse Wanda, ayant ainsi parlé,
replaça son masque, pressa Consulo contre
son cœur et s'éloigna rapidement.

6

Les deux habits que la néophyte trouva étalés dans sa chambre étaient une brillante parure de mariée, et un vêtement de deuil avec tous les signes distinctifs du veuvage. Elle hésita quelques instants. Sa résolution, quant au choix de l'époux, était prise, mais

lequel de ces deux costumes témoignerait
extérieurement de son intention? Après un
peu de réflexion, elle revêtit l'habit blanc, le
voile, les fleurs et les perles de la fiancée. Cet
ajustement était d'un goût chaste et d'une
élégance extrême. Consuelo fut bientôt prête;
mais en se regardant au miroir encadré de
sentences menaçantes, elle n'eut plus envie
de sourire comme la première fois. Une pâleur mortelle était sur ses traits, et l'effroi
dans son cœur. Quelque parti qu'elle eût résolu de prendre, elle sentait qu'il lui reste-
rait un regret ou un remords, qu'une âme
serait brisée par son abandon; et la sienne
éprouvait par avance un déchirement affreux.
En voyant ses joues et ses lèvres, aussi blanches que son voile et son bouquet d'oranger,
elle craignît également pour Albert et pour
Liverani l'aspect d'une émotion si violente,
et elle fut tentée de mettre du fard; mais elle

y renonça aussitôt : « Si mon visage ment, pensa-t-elle, mon cœur pourra-t-il donc mentir ? »

Elle s'agenouilla contre son lit, et cachant son visage dans les draperies, elle resta absorbée dans une méditation douloureuse jusqu'au moment où la pendule sonna minuit. Elle se leva aussitôt, et vit un *Invisible* à masque noir debout derrière elle. Je ne sais quel instinct lui fit présumer que c'était Marcus. Elle ne se trompait pas, et pourtant, il ne se fit point connaître à elle, et se contenta de lui dire d'une voix douce et triste : « Madame, tout est prêt. Veuillez vous couvrir de ce manteau, et me suivre.

Consuelo suivit l'*Invisible* jusqu'au fond du jardin, à l'endroit où le ruisseau se perdait sous l'arcade verdoyante du parc. Là, elle trouva une gondole découverte, toute noire, toute semblable aux gondoles de Venise, et

dans le rameur gigantesque qui se tenait à la
proue, elle reconnut Karl, qui fit un signe de
croix en la voyant. C'était sa manière de té-
moigner la plus grande joie possible. « M'est-
il permis de lui parler ? demanda Consuelo à
son guide. — Vous pouvez, répondit celui-ci,
lui dire quelques mots à haute voix.

— Eh bien, cher Karl, mon libérateur et
mon ami, dit Consuelo émue de revoir un
visage connu après une si longue réclusion
parmi des êtres mystérieux , puis-je espérer
que rien ne trouble le plaisir que tu as de me
retrouver? — Rien ! signora, répondit Kar
d'une voix assurée ; rien, si ce n'est le souvenir de celle... qui n'est plus de ce monde, et
que je crois toujours voir à côté de vous. Courage et contentement , ma bonne maîtresse,
ma bonne sœur ! nous voici comme la nuit
où nous nous évadions de Spandau !

— C'est aussi un jour de délivrance, frère !

dit Marcus. Allons, vogue avec l'adresse et
la vigueur dont tu es doué, et qu'égalent
maintenant la prudence de ta langue et la
force de ton âme. Ceci ressemble en effet à
une fuite, madame, ajouta-t-il en s'adressant
à Consuelo ; mais le principal libérateur n'est
plus le même... » En prononçant ces derniers
mots , Marcus lui présentait la main pour
l'aider à s'asseoir sur le banc garni de coussins. Il la sentit trembler légèrement au souvenir de Liverani, et la pria de se couvrir le
visage pour quelques instants seulement.
Consuelo obéit, et la gondole , emportée par
le bras robuste du déserteur, glissa rapidement sur les eaux sombres et muettes.

Au bout d'un trajet dont la durée ne put
guère être appréciée par la pensive Consuelo,
elle entendit un bruit de voix et d'instruments à quelque distance ; la barque se ra-
lentit, et reçut sans s'arrêter tout à fait les

légères secousses d'un atterrissement. Le capuchon tomba doucement, et la néophyte
crut passer d'un rêve dans un autre, en contemplant le spectacle féerique offert à ses
regards. La barque côtoyait, en l'effleurant,
une rive aplanie, jonchée de fleurs et de frais
herbages. L'eau du ruisseau, élargie et immobile dans un vaste bassin, était comme em-
brasée, et reflétait des colonnades de lumières qui se tordaient en serpenteaux de
feu, ou se brisaient en pluie d'étincelles
sous le sillage lent et mesuré de la gondole.
Une musique admirable remplissait l'air sonore, et semblait planer sur les buissons de
roses et de jasmins embaumés. Quand les
yeux de Consuelo se furent habitués à cette
clarté soudaine, elle put les fixer sur la façade illuminée du palais qui s'élevait à très
peu de distance, et qui se plongeait dans le
miroir du bassin avec une splendeur magi-

que. Cet édifice élégant qui se dessinait sur
le ciel constellé, ces voix harmonieuses, ce
concert d'instruments excellents, ces fenêtres
ouvertes devant lesquelles, entre les rideaux
de pourpre embrasés par la lumière, Consuelo voyait s'agiter mollement des hommes
et des femmes richement parés, étincelants
de broderies, de diamants, d'or et de perles,
avec ces têtes poudrées, qui donnaient à l'aspect général des réunions de ce temps-là un
reflet de blancheur, un je ne sais quoi d'effé-
miné et de fantastique; toute cette fête prin-
cière, combinée avec la beauté d'une nuit
tiède et sereine qui jetait des bouffées de
parfums et de fraîcheur jusque dans les salles
resplendissantes, remplit Consuelo d'une vive
émotion, et lui causa une sorte d'enivrement. Elle, la fille du peuple, mais la reine
des fêtes patriciennes, elle ne pouvait voir un
spectacle de ce genre, après tant de jours de

captivité, de solitude et de sombres rêveries,
sans éprouver une sorte d'élan, un besoin de
chanter, un tressaillement singulier à l'approche d'un public. Elle se leva donc debout
dans la barque, qui se rapprochait du château de plus en plus, et soudainement exaltée par le chœur de Hændel :

> Chantons la gloire
> De Juda vainqueur!

elle oublia toutes choses pour mêler sa voix
à ce chant d'enthousiasme grandiose.

Mais une nouvelle secousse de la barque,
qui, en rasant les bords de l'eau, rencontrait
quelquefois une branche, ou une touffe
d'herbe, la fit trébucher. Forcée de se retenir à la première main qui s'offrit pour la
soutenir, elle s'aperçut seulement alors qu'il
y avait un quatrième personnage dans la
barque, un Invisible masqué, qui n'y était

certainement pas lorsqu'elle y était entrée.

Un vaste manteau gris sombre à longs plis, un chapeau à grands bords posé d'une certaine façon, je ne sais quoi dans les traits de ce masque, à travers lequel la physionomie humaine semblait parler ; mais, plus que tout le reste, la pression de la main tremblante qui ne voulait plus se détacher de la sienne, firent reconnaître à Consuelo l'homme qu'elle aimait, le chevalier Liverani, tel qu'il s'était montré à elle la première fois sur l'étang de Spandau. Alors la musique, l'illumination, le palais enchanté, la fête enivrante, et jusqu'à l'approche du moment solennel qui devait fixer sa destinée, tout ce qui n'était pas l'émotion présente s'effaça de la mémoire de Consuelo. Agitée et comme vaincue par une force surhumaine, elle retomba palpitante sur les coussins de la barque, auprès de Liverani. L'autre inconnu, Marcus, était de-

bout à la proue, et leur tournait le dos. Le
jeûne, le récit de la comtesse Wanda, l'attente d'un dénoûment terrible, l'inattendu
de cette fête saisie au passage, avaient brisé
toutes les forces de Consuelo. Elle ne sentait
plus que la main de Liverani étreignant la
sienne, son bras effleurant sa taille pour être
prêt à l'empêcher de s'éloigner de lui, et ce
trouble divin que la présence de l'objet aimé
répand jusque dans l'air qu'on respire. Consuelo resta quelques minutes ainsi, ne voyant
pas plus le palais étincelant que s'il fût rentré dans la nuit profonde, n'entendant plus
rien que le souffle brûlant de son amant auprès d'elle, et les battements de son propre
cœur.

« Madame, dit Marcus en se retournant
tout à coup vers elle, ne connaissez-vous pas
l'air qu'on chante maintenant, et ne vous

plairait-il pas de vous arrêter pour entendre ce magnifique ténor ?

— Quels que soient l'air et la voix, répondit Consuelo préoccupée, arrêtons-nous ou continuons ; que votre volonté soit faite. ⟩

La barque touchait presque au pied du château. On pouvait distinguer les figures placées dans l'embrasure des fenêtres, et même celles qui passaient dans la profondeur des appartements. Ce n'étaient plus des spectres flottants comme dans un rêve, mais des personnages réels, des seigneurs, de grandes dames, des savants, des artistes, dont plusieurs n'étaient pas inconnus à Consuelo. Mais elle ne fit aucun effort de mémoire pour retrouver leurs noms, ni les théâtres où les palais où elle les avait déjà aperçus. Le monde était redevenu tout à coup pour elle une lanterne magique sans signifi-

cation et sans intérêt. Le seul être qui lui
parût vivant dans l'univers c'était celui dont
la main brûlait furtivement la sienne sous les
plis des manteaux.

« Ne connaissez-vous pas cette belle voix
qui chante un air vénitien? » demanda de
nouveau Marcus, surpris de l'immobilité et
de l'apparente indifférence de Consuelo. Et
comme elle ne paraissait entendre ni la voix
qui lui parlait ni celle qui chantait, il se rapprocha un peu et s'assit sur le banc vis-à-vis
d'elle pour renouveler sa question.

« Mille pardons, Monsieur, répondit Consuelo après avoir fait un effort pour écouter ;
je n'y faisais pas attention. Je connais cette
voix en effet, et cet air, c'est moi qui l'ai composé, il y a bien longtemps. Il est fort mauvais et fort mal chanté.

—Comment donc, reprit Marcus, s'appelle
ce chanteur pour lequel vous me semblez

trop sévère? Je le trouve admirable, moi!

— Ah! vous ne l'avez pas perdue? dit à voix basse Consuelo à Liverani qui venait de lui faire sentir dans le creux de sa main la petite croix de filigrane dont elle s'était séparée pour la première fois de sa vie, en la lui confiant durant son voyage de Spandau à ***.

— Vous ne vous rappelez pas le nom de ce chanteur? reprit Marcus avec obstination en observant attentivement les traits de Consuelo.

— Pardon, Monsieur! répondit-elle avec un peu d'impatience, il s'appelle Anzoleto. Ah? le mauvais *ré!* il a perdu cette note.

— Ne souhaitez-vous pas voir son visage? Vous vous trompez peut-être. D'ici vous pourriez le distinguer parfaitement, car je le vois très bien. C'est un bien beau jeune homme.

— A quoi bon le regarder? reprit Consuelo

avec un peu d'humeur ; je suis bien sûre qu'il
est toujours le même. »

Marcus prit doucement la main de Consuelo, et Liverani le seconda pour la faire
lever et regarder par la fenêtre toute grande
ouverte. Consuelo qui eût résisté peut-être
à l'un, céda à l'autre, jeta un coup d'œil sur
le chanteur, sur ce beau Vénitien qui était
en ce moment le point de mire de plus de cent
regards féminins, regards protecteurs, ar-
dents et lascifs. « Il est fort engraissé ! dit
Consuelo en se rasseyant et en résistant un
peu à la dérobée aux doigts de Liverani, qui
voulait lui reprendre la petite croix, et qui
la reprit en effet.

« Est-ce là tout le souvenir que vous ac-
cordez à un ancien ami ? reprit Marcus qui
attachait toujours sur elle un regard de lynx
à travers son masque.

— Ce n'est qu'un camarade, répondit

Consuelo, et entre camarades, nous autres, nous ne sommes pas toujours amis.

— Mais n'auriez-vous pas quelque plaisir à lui parler ? Si nous entrions dans ce palais, et si l'on vous priait de chanter avec lui ?

— Si c'est une *épreuve*, dit avec un peu de malice Consuelo qui commençait à remarquer l'insistance de Marcus, comme je dois vous obéir en tout, je m'y prêterai volontiers. Mais si c'est pour mon plaisir que vous me faites cette offre, j'aime autant m'en dispenser.

— Dois-je arrêter ici, mon frère ? demanda Karl en faisant un signe militaire avec la rame.

— Passe, frère, et pousse au large ! répondit Marcus. Karl obéit, et au bout de peu d'instants, la barque ayant traversé le bassin, s'enfonça sous des berceaux épais. L'obscurité devint profonde. Le petit fanal sus-

pendu à la gondole jetait seul des lueurs
bleuâtres sur le feuillage environnant. De
temps en temps, à travers des échappées de
sombre verdure, on voyait encore scintiller
faiblement au loin les lumières du palais. Les
sons de l'orchestre s'évanouissaient lentement. La barque, en rasant la rive, effeuillait
les rameaux en fleurs et le manteau noir de
Consuelo était semé de leurs pétales embaumés. Elle commençait à rentrer en elle-
même, et à combattre cette indéfinissable
volupté de l'amour et de la nuit. Elle avait
retiré sa main de celle de Liverani, et son
cœur se brisait à mesure que le voile d'ivresse
tombait devant des lueurs de raison et de
volonté. « Ecoutez, madame! dit Marcus.
N'entendez-vous pas d'ici les applaudisse-
ments de l'auditoire? Oui vraiment! ce sont
des battements de mains et des acclamations.
On est ravi de ce qu'on vient d'entendre.

Cet Anzoleto a un grand succès au palais.

— Ils ne s'y connaissent pas ! dit brusquement Consuelo en saisissant une fleur de magnolier que Liverani venait de cueillir au passage, et de jeter furtivement sur ses genoux. Elle serra convulsivement cette fleur dans ses mains, et la cacha dans son sein, comme la dernière relique d'un amour indompté que l'épreuve fatale allait sanctifier ou rompre à jamais.

7

La barque prit terre définitivement à la sortie des jardins et des bois, dans un endroit pittoresque où le ruisseau s'enfonçait parmi des roches séculaires et cessait d'être navigable. Consuelo eut peu de temps pour contempler le paysage sévère éclairé par la lune. C'était toujours dans la vaste enceinte de la résidence; mais l'art ne s'était appliqué en ce lieu qu'à conserver à la nature sa beauté première : les vieux arbres semés au hasard dans de sombres gazons, les accidents heureux du terrain, les collines aux flancs âpres, les cascades inégales, les troupeaux de daims bondissants et craintifs.

Un personnage nouveau était venu fixer l'attention de Consuelo : c'était Gottlieb, assis négligemment sur le brancard d'une chaise à porteurs, dans l'attitude d'une attente calme et rêveuse. Il tressaillit en reconnaissant son amie de la prison; mais, sur un signe de Marcus, il s'abstint de lui parler.

« Vous défendez donc à ce pauvre enfant de me serrer la main? dit tout bas Consuelo à son guide.

— Après votre initiation, vous serez libre

ici dans toutes vos actions, répondit-il de même. Contentez-vous maintenant de voir comme la santé de Gottlieb est améliorée et comme la force physique lui est revenue.

— Ne puis-je savoir, du moins, reprit la néophyte, s'il n'a souffert aucune persécution pour moi, après ma fuite de Spandau? Pardonnez à mon impatience. Cette pensée n'a cessé de me tourmenter jusqu'au jour où je l'ai aperçu, passant auprès de l'enclos du pavillon.

— Il a souffert, en effet, répondit Marcus, mais peu de temps. Dès qu'il vous sut délivrée, il se vanta avec un enthousiasme naïf d'y avoir contribué, et ses révélations involontaires durant son sommeil, faillirent devenir funestes à quelques-uns d'entre nous. On voulut l'enfermer dans une maison de fous, autant pour le punir que pour l'empêcher de secourir d'autres prisonniers. Il s'enfuit

alors, et comme nous avions l'œil sur lui,
nous le fîmes amener ici, où nous lui avons
prodigué les soins du corps et de l'âme. Nous
le rendrons à sa famille et à sa patrie lorsque nous lui aurons donné la force et la prudence nécessaires pour travailler utilement
à notre œuvre qui est devenue la sienne, car
c'est un de nos adeptes les plus purs et les
plus fervents. Mais la chaise est prête, madame; veuillez y monter. Je ne vous quitte
pas, quoique je vous confie aux bras fidèles
et sûrs de Karl et de Gottlieb. »

Consuelo s'assit docilement dans une chaise à porteurs, fermée de tous côtés, et ne
recevant l'air que par quelques fentes pra-
tiquées dans la partie qui regardait le ciel.
Elle ne vit donc plus rien de ce qui se passait
autour d'elle. Parfois elle vit briller les étoi-
les, et jugea ainsi qu'elle était encore en plein
air; d'autres fois elle vit cette transparence

interceptée sans savoir si c'était par des bâ-
timents ou par l'ombrage épais des arbres.
Les porteurs marchaient rapidement et dans
le plus profond silence ; elle s'appliqua, durant quelque temps, à distinguer dans les pas
qui criaient de temps à autre sur le sable, si,
quatre personnes ou seulement trois l'ac-
compagnaient. Plusieurs fois elle crut saisir
le pas de Liverani à droite de la chaise ; mais
ce pouvait être une illusion, et, d'ailleurs,
elle devait s'efforcer de n'y pas songer.

Lorsque la chaise s'arrêta et s'ouvrit, Consuelo ne put se défendre d'un sentiment
d'effroi, en se voyant sous la herse, encore
debout et sombre, d'un vieux manoir féodal.
La lune donnait en pleine lumière sur le
préau entouré de constructions en ruines, et
rempli de personnages vêtus de blanc qui
allaient et venaient, les uns isolés, les autres par groupes, comme des spectres ca-

pricieux. Cette arcade noire et massive de
l'entrée faisait paraître le fond du tableau
plus bleu, plus transparent et plus fantastique. Ces ombres errantes et silencieuses, ou
se parlant à voix basse, leur mouvement
sans bruit sur ses longues herbes de la cour,
l'aspect de ces ruines que Consuelo recon-
naissait pour celles où elle avait pénétré une
fois, et où elle avait revu Albert, l'impres-
sionnèrent tellement, qu'elle eut comme un
mouvement de frayeur superstitieuse. Elle
chercha instinctement Liverani auprès d'elle.
Il y était effectivement avec Marcus, mais
l'obscurité de la voûte ne lui permit pas de
distinguer lequel des deux lui offrait la main;
et cette fois, son cœur glacé par une tristesse subite et par une crainte indéfinissable
ne l'avertit pas.

On arrangea son manteau sur ses vêtements et le capuchon sur sa tête de manière

à ce qu'elle pût tout voir sans être reconnue de personne. Quelqu'un lui dit à voix basse de ne pas laisser échapper un seul mot, une seule exclamation, quelque chose qu'elle pût voir; et elle fut conduite ainsi au fond de la cour, où un étrange spectacle s'offrit en effet à ses regards.

Une cloche au son faible et lugubre rassemblait les ombres en cet instant vers la chapelle ruinée où Consuelo avait naguère cherché à la lueur des éclairs un refuge contre l'orage. Cette chapelle était maintenant illuminée de cierges disposés dans un ordre systématique. L'autel semblait avoir été relevé récemment; il était couvert d'un drap mortuaire et paré d'insignes bizarres, où les emblèmes du christianisme se trouvaient mêlés à ceux du judaïsme, à des hiéroglyphes égyptiens, et à divers signes cabalistiques. Au milieu du chœur, dont on avait ré-

tabli l'enceinte avec des balustrades et des
colonnes symboliques, on voyait un cercueil,
entouré de cierges, couvert d'ossements en
croix, et surmonté d'une tête de mort dans
laquelle brillait une flamme couleur de sang.
On amena auprès de ce cénotaphe un jeune
homme dont Consuelo ne put voir les traits ;
un large bandeau couvrait la moitié de son
visage ; c'était un récipiendaire qui paraissait brisé de fatigue ou d'émotion. Il avait un
bras et une jambe nus, ses mains étaient at-
tachées derrière son dos, et sa robe blanche
était tachée de sang. Une ligature au bras
semblait indiquer qu'il venait d'être saigné
en effet. Deux ombres agitaient autour de
lui des torches de résine enflammée et ré-
pandaient sur son visage et sur sa poitrine
des nuages de fumée et de tourbillons d'étincelles. Alors commença entre lui et ceux qui
présidaient la cérémonie, et qui portaient

des signes distinctifs de leurs dignités diverses, un dialogue bizarre qui rappela à Consuelo celui que Cagliostro lui avait fait entendre à Berlin, entre Albert et des personnages inconnus. Puis, des spectres armés de
glaives, et qu'elle entendit appeler les *Frères*
terribles, couchèrent le récipiendaire sur les
dalles, et appuyèrent sur son cœur la pointe
de leurs armes, tandis que plusieurs autres
commencèrent, à grand cliquetis d'épées, un
combat acharné, les uns prétendant empêcher l'admission du nouveau frère, le trai-
tant de pervers, d'indigne et de traître, tandis que les autres disaient combattre pour
lui au nom de la vérité et d'un droit acquis.
Cette scène étrange émut Consuelo comme
un rêve pénible. Cette lutte, ces menaces, ce
culte magique, ces sanglots que de jeunes
adolescents faisaient entendre autour du
cercueil, étaient si bien simulés, qu'un spec-

tateur non initié d'avance en eût été réellement épouvanté. Lorsque les *parrains* du récipiendaire l'eurent emporté dans la dispute
et dans le combat contre les opposants, on le
releva, on lui mit un poignard dans la main,
et on lui ordonna de marcher devant lui, et
de frapper quiconque s'opposerait à son entrée dans le temple.

Consuelo n'en vit pas davantage. Au moment où le nouvel initié se dirigeait, le bras
levé, et dans une sorte de délire, vers une
porte basse où on le poussait, les deux guides, qui n'avaient pas abandonné les bras
de Consuelo, l'emmenèrent rapidement
comme pour lui dérober la vue d'un spectacle affreux; et, lui rabattant le capuchon
sur le visage, ils la conduisirent par de nombreux détours, et parmi des décombres où
elle trébucha plus d'une fois, dans un lieu
où régnait le plus profond silence. Là, on lui

rendit la lumière, et elle se vit dans la grande salle octogone où elle avait surpris précédemment l'entretien d'Albert et de Trenck. Toutes les ouvertures étaient, cette fois, fermées et voilées avec soin; les murs et le plafond étaient tendus de noir; des cierges brûlaient aussi en ce lieu, dans un ordre particulier, différent de celui de la chapelle. Un autel en forme de calvaire, et surmonté de trois croix, masquait la grande cheminée. Un tombeau sur lequel étaient déposés un marteau, des clous, une lance et une couronne d'épines se dressait au milieu de la salle. Des personnages vêtus de noir et masqués étaient agenouillés ou assis à l'entour sur des tapis semés de larmes d'argent; ils ne pleuraient ni ne gémissaient; leur attitude était celle d'une méditation austère, ou d'une douleur muette et profonde.

Les guides de Consuelo la firent approcher

jusqu'auprès du cercueil, et les hommes qui le gardaient s'étant levés et rangés à l'autre extrémité, l'un d'eux lui parla ainsi :

« Consuelo, tu viens de voir la cérémonie d'une réception maçonnique. Tu as vu, là comme ici, un culte inconnu, des signes mystérieux, des images funèbres, des pontifes initiateurs, un cercueil. Qu'as-tu compris à cette scène simulée, à ces épreuves effrayantes pour le récipiendaire, aux paroles qui lui ont été adressées et à ces manifestations de respect, d'amour et de douleur autour d'une tombe illustre ?

— J'ignore si j'ai bien compris, répondit Consuelo. Cette scène me troublait ; cette cérémonie me semblait barbare. Je plaignais ce récipiendaire dont le courage et la vertu étaient soumis à des épreuves toutes matérielles, comme s'il suffisait du courage physique pour être initié à l'œuvre du courage

moral. Je blâme ce que j'ai vu, et déplore
ces jeux cruels d'un sombre fanatisme, ou
ces expériences puériles d'une foi tout extérieure et idolâtrique. J'ai entendu proposer
des énigmes obscures, et l'explication qu'en
a donnée le récipiendaire m'a paru dictée
par un catéchisme méfiant ou grossier. Cependant cette tombe sanglante, cette victime
immolée, cet antique mythe d'Hiram, archi-
tecte divin assassiné par les travailleurs jaloux et cupides, ce mot sacré perdu pendant des siècles, et promis à l'initié comme
la clef magique qui doit lui ouvrir le temple,
tout cela ne me paraît pas un symbole sans
grandeur et sans intérêt ; mais pourquoi la
fable est-elle si mal tissue ou d'une interprétation si captieuse?

— Qu'entends-tu par là? As-tu bien écouté
ce récit que tu traites de fable?

— Voici ce que j'ai entendu et ce qu'au-

paravant j'avais appris dans les livres qu'on
m'a ordonné de méditer durant ma retraite :
Hiram, conducteur des travaux du temple
de Salomon, avait divisé les ouvriers par ca-
tégories. Ils avaient un salaire différent, des
droits inégaux. Trois ambitieux de la plus
basse catégorie résolurent de participer au
salaire réservé à la classe rivale, et d'arracher à Hiram le mot d'ordre, la formule secrète qui lui servait à distinguer les compagnons des maîtres, à l'heure solennelle de la
répartition. Ils le guettèrent dans le temple
où il était resté seul après cette cérémonie,
et se postant à chacune des trois issues du
saint lieu, ils l'empêchèrent de sortir, le me-
nacèrent, le frappèrent cruellement et l'as-
sassinèrent sans avoir pu lui arracher son
secret, le mot fatal qui devait les rendre
égaux à lui et à ses privilègiés. Puis ils em-
emportèrent son cadavre et l'ensevelirent

sous des décombres ; et depuis ce jour, les
fidèles adeptes du temple, les amis d'Hiram
pleurent son destin funeste, cherchant sa
parole sacrée, et rendant des honneurs presque divins à sa mémoire.

— Et maintenant, comment expliques-tu
ce mythe?

— Je l'ai médité avant de venir ici, et
voici comment je le comprends. Hiram, c'est
l'intelligence froide et l'habileté gouverne-
mentale des antiques sociétés, elles reposent
sur l'inégalité des conditions, sur le régime
des castes. Cette fable égyptienne convenait
au despotisme mystérieux des hiérophantes.
Les trois ambitieux, c'est l'indignation, la
révolte et la vengeance ; ce sont peut-être
les trois castes inférieures à la caste sacer-
dotale qui essayent de prendre leurs droits
par la violence. Hiram assassiné, c'est le despotisme qui a perdu son prestige et sa force,

et qui est descendu au tombeau emportant avec lui le secret de dominer les hommes par l'aveuglement et la superstition.

— Est-ce ainsi, véritablement, que tu interpréterais ce mythe?

— J'ai lu dans vos livres qu'il avait été apporté d'Orient par les templiers, et qu'ils l'avaient fait servir à leurs initiations. Ils devaient donc l'interpréter à peu près ainsi; mais en baptisant *Hiram*, la théocratie, et les *assassins*, l'impiété, l'anarchie et la férocité, les templiers, qui voulaient asservir la société à une sorte de despotisme monacal, pleuraient sur leur impuissance personnifiée par l'anéantissement d'Hiram. Le mot perdu et retrouvé de leur empire, c'était celui d'association ou de ruse, quelque chose comme la cité antique, ou le temple d'Osiris. Voilà pourquoi je m'étonne de voir cette fable servir encore pour vos initiations à l'œuvre de

la délivrance universelle. Je voudrais croire
qu'elle n'est proposée à vos adeptes que
comme une épreuve de leur intelligence et
de leur courage.

— Eh bien, nous qui n'avons point inventé
ces formes de la maçonnerie, et qui ne nous
en servons effectivement que comme d'é-
preuves morales, nous qui sommes plus que
compagnons et maîtres dans cette science
symbolique, puisque, après avoir traversé
tous les grades maçonniques, nous sommes
arrivés à n'être plus maçons comme on l'entend dans les rangs vulgaires de cet ordre;
nous t'adjurons de nous expliquer le mythe
d'Hiram comme tu l'entends, afin que nous
portions sur ton zèle, ton intelligence et ta
foi le jugement qui t'arrêtera ici à la porte du
véritable temple, ou qui te livrera l'entrée
du sanctuaire.

— Vous me demandez le mot d'Hiram,

la parole perdue. Ce n'est point celle qui m'ouvrira les portes du temple ; car ce mot,
c'est tyrannie ou mensonge. Mais je sais les
mots véritables, les noms des trois portes de
l'édifice divin par lesquels les destructeurs
d'Hiram entrèrent pour forcer ce chef à s'en-
sevelir sous les débris de son œuvre ; c'est
liberté, fraternité, égalité.

—Consuelo, ton interprétation, exacte ou
non, nous révèle le fond de ton cœur. Sois
donc dispensée de t'agenouiller jamais sur la
tombe d'Hiram. Tu ne passeras pas non plus
par le grade où le néophyte se prosterne sur
le simulacre des cendres de Jacques Molay,
le grand maître et la grande victime du temple, des moines-soldats et des prélats-che-
valiers du moyen-âge. Tu sortirais victorieuse de cette seconde épreuve comme de
la première. Tu discernerais les traces men-
songères d'une barbarie fanatique, néces-

saires encore aujourd'hui comme formules de garantie à des esprits imbus du principe d'inégalité. Rappelle-toi donc bien que les francs-maçons des premiers grades n'aspirent, pour la plupart, qu'à construire un temple profane, un abri mystérieux pour une association élevée à l'état de caste. Tu comprends autrement, et tu vas marcher droit au temple universel qui doit recevoir tous les hommes confondus dans un même culte, dans un même amour. Cependant tu dois faire ici une dernière station, et te prosterner devant ce tombeau. Tu dois adorer le Christ et reconnaître en lui le seul vrai Dieu.

— Vous dites cela pour m'éprouver encore, répondit Consuelo avec fermeté : mais vous avez daigné m'ouvrir les yeux à de hautes vérités, en m'apprenant à lire dans vos livres secrets. Le Christ est un homme divin

que nous révérons comme le plus grand philosophe et le plus grand saint des temps antiques. Nous l'adorons autant qu'il est permis d'adorer le meilleur et le plus grand des
maîtres et des martyrs. Nous pouvons bien
l'appeler le sauveur des hommes, en ce sens
qu'il a enseigné à ceux de son temps des vérités qu'ils n'avaient fait qu'entrevoir, et qui
devaient faire entrer l'humanité dans une
phase nouvelle de lumière et de sainteté. Nous
pouvons bien nous agenouiller auprès de sa
cendre, pour remercier Dieu de nous avoir
suscité un tel prophète, un tel exemple, un
tel ami; mais nous adorons Dieu en lui, et
nous ne commettons pas le crime d'idolâtrie.
Nous distinguons la divinité de la révélation
de celle du révélateur. Je consens donc à
rendre à ces emblèmes d'un supplice à jamais illustre et sublime, l'hommage d'une
pieuse reconnaissance et d'un enthousiasme

filial ; mais je ne crois pas que le dernier mot de la révélation ait été compris et proclamé par les hommes au temps de Jésus, car il ne l'a pas encore été officiellement sur la terre. J'attends de la sagesse et de la foi de ses disciples, de la continuation de son œuvre durant dix-sept siècles, une vérité plus pratique, une application plus complète de la parole sainte et de la doctrine fraternelle. J'attends le développement de l'Évangile, j'attends quelque chose de plus que l'égalité devant Dieu, je l'attends et je l'invoque parmi les hommes.

— Tes paroles sont audacieuses et tes doctrines sont grosses de périls. Y as-tu bien songé dans la solitude? As-tu prévu les malheurs que ta foi nouvelle amassait d'avance sur ta tête? Connais-tu le monde et tes propres forces? Sais-tu que nous sommes un contre cent mille dans les pays les plus civi-

lisés du globe? Sais-tu qu'au temps où nous
vivons, entre ceux qui rendent au sublime
révélateur Jésus un culte injurieux et grossier, et ceux, presque aussi nombreux désormais, qui nient sa mission et jusqu'à son
existence, entre les idolâtres et les athées, il
n'y a place pour nous au soleil qu'au milieu
des persécutions, des railleries, de la haine
et des mépris de l'espèce humaine? Sais-tu
qu'en France, à l'heure qu'il est, on proscrit
presque également Rousseau et Voltaire, le
philosophe religieux et le philosophe incré-
dule? Sais-tu, chose plus effrayante et plus
inouïe! que, du fond de leur exil, ils se pros-
crivent l'un l'autre? Sais-tu que tu vas retourner dans un monde où tout conspirera
pour ébranler ta foi et pour corrompre tes
pensées? Sais-tu enfin qu'il faudra exercer
ton apostolat à travers les périls, les doutes,
les déceptions et les souffrances?

— J'y suis résolue, répondit Consuelo en baissant les yeux et en posant la main sur son cœur : Dieu me soit en aide !

—Eh bien, ma fille, dit Marcus, qui tenait toujours Consuelo par la main, tu vas être soumise par nous à quelques souffrances morales, non pour éprouver ta foi, dont nous ne saurions douter maintenant, mais pour la fortifier. Ce n'est pas dans le calme du repos, ni dans les plaisirs de ce monde, c'est dans la douleur et les larmes que la foi grandit et s'exalte. Te sens-tu le courage d'affronter de pénibles émotions et peut-être de violentes terreurs ?

— S'il le faut, et si mon âme doit en profiter, je me soumets à votre volonté, répondit Consuelo légèrement oppressée.

Aussitôt les Iuvisibles se mirent à enlever les tapis et les flambeaux qui entouraient le cercueil. Le cercueil fut roulé dans une des

profondes embrasures de croisées, et plusieurs adeptes s'étant armés de barres de fer,
se hâtèrent de lever une dalle ronde qui occupait le milieu de la salle. Consuelo vit alors
une ouverture circulaire assez large pour le
passage d'une personne, et dont la margelle
de granit, noircie et usée par le temps, était
incontestablement aussi ancienne que les autres détails de l'architecture de la tour. On
apporta une longue échelle, et on la plongea
dans le vide ténébreux de l'ouverture. Puis
Marcus, amenant Consuelo à l'entrée, lui
demanda par trois fois, d'un ton solennel, si
elle se sentait la force de descendre seule
dans les souterrains de la grande tour féodale.

— Écoutez, mes pères ou mes frères, car
j'ignore comment je dois vous appeler...,
répondit Consuelo...

— Appelle-les tes frères, reprit Marcus,

tu es ici parmi les Invisibles, tes égaux en grade, si tu persévères encore une heure. Tu vas leur dire adieu ici pour les retrouver dans une heure en présence du conseil des chefs suprêmes, de ceux dont on n'entend jamais la voix, dont on ne voit jamais le visage. Ceux-là, tu les appelleras tes pères. Ils sont les pontifes souverains, les chefs spirituels et temporels de notre temple. Nous paraîtrons devant eux et devant toi à visage découvert, si tu es bien décidée à venir nous rejoindre à la porte du sanctuaire, par ce chemin sombre et semé d'épouvante, qui s'ouvre ici sous tes pieds, où tu dois marcher seule et sans autre égide que celle de ton courage et de ta persévérance.

— J'y marcherai s'il le faut, répondit la néophyte tremblante; mais cette épreuve, que vous m'annoncez si austère, est-elle donc inévitable? O mes frères, vous ne vou-

lez pas, sans doute, jouer avec la raison déjà
bien assez éprouvée d'une femme sans affec-
tation et sans fausse vanité? Vous m'avez
condamnée aujourd'hui à un long jeûne, et,
bien que l'émotion fasse taire la faim depuis
plusieurs heures, je me sens affaiblie physiquement ; j'ignore si je ne succomberai pas
aux travaux que vous m'imposez. Peu m'im-
porte, je vous le jure, que mon corps souffre
et faiblisse, mais ne prendrez-vous pas pour
une lâcheté morale ce qui ne sera qu'une dé-
faillance de la matière? Dites-moi que vous
me pardonnerez si j'ai les nerfs d'une femme,
pourvu que, revenue à moi-même, j'aie encore le cœur d'un homme.

— Pauvre enfant, répondit Marcus, j'aime
mieux t'entendre avouer ta faiblesse que si
tu cherchais à nous éblouir par une folle au-
dace. Nous consentirons, si tu le veux, à te
donner un guide, un seul, pour t'assister et

te secourir au besoin dans ton pélerinage.
Mon frère, ajouta-t-il en s'adressant au chevalier Liverani, qui s'était tenu pendant tout
ce dialogue auprès de la porte, les yeux fixés
sur Consuelo, prends la main de ta sœur,
et conduis-là par les souterrains au lieu du
rendez-vous général.

— Et vous, mon frère, dit Consuelo éper-
due, ne voulez-vous pas m'accompagner
aussi?

— Cela m'est impossible. Tu ne peux avoir
qu'un guide, et celui que je te désigne est le
seul qu'il me soit permis de te donner.

— J'aurai du courage, répondit Consuelo,
en s'enveloppant de son manteau ; j'irai
seule.

— Tu refuses le bras d'un frère et d'un
ami?

— Je ne refuse ni sa sympathie ni son intérêt; mais j'irai seule.

— Va donc, noble fille, et ne crains rien. Celle qui est descendue seule dans la citerne *des pleurs*, à Riesenburg, celle qui a bravé tant de périls pour trouver la grotte cachée du Schreckenstein, saura facilement traverser les entrailles de notre pyramide. Va donc, comme les jeunes héros de l'antiquité, chercher l'initiation à travers les épreuves des mystères sacrés. Frères, présentez-lui la coupe, cette relique précieuse qu'un descendant de Ziska a apportée parmi nous, et dans laquelle nous consacrons l'auguste sacrement de la communion fraternelle.

Liverani alla prendre sur l'autel un calice de bois grossièrement travaillé, et, l'ayant rempli, il le présenta à Consuelo avec un pain.

« Ma sœur, reprit Marcus, ce n'est pas seulement un vin doux et généreux et un pain de pur froment que nous t'offrons pour répa-

rer les forces physiques, c'est le corps et le
sang de l'homme divin, tel qu'il l'entendait
lui-même, c'est-à-dire le signe à la fois céleste et matériel de l'égalité fraternelle. Nos
pères les martyrs de l'église taborite, pen-
saient que l'intervention des prêtres impies
et sacrilèges ne valait pas, pour la consécra-
tion du sacrement auguste, les mains pures
d'une femme ou d'un enfant. Communie donc
avec nous ici, en attendant que tu t'asseyes
au banquet du temple, où le grand mystère
de la cène te sera révélé plus explicitement.
Prends cette coupe, et bois la première. Si tu
portes de la foi dans cet acte, quelques gouttes
de ce breuvage seront pour ton corps un for-
tifiant souverain, et ton âme fervente empor-
tera tout ton être sur des ailes de flamme.»

Consuelo ayant bu la première, tendit la
coupe à Liverani qui la lui avait présentée;
et quand celui-ci eut bu à son tour, il la fit

passer à tous les frères. Marcus en ayant épuisé
les dernières gouttes, bénit Consuelo et enga-
gea l'assemblée à se recueillir et à prier pour
elle ; puis il présenta à la néophyte une petite
lampe d'argent, et l'aida à mettre les pieds
sur les premiers barreaux de l'échelle. « Je
n'ai pas besoin de vous dire, ajouta-t-il,
qu'aucun danger ne menace vos jours ; mais
craignez pour votre âme ; craignez de ne jamais arriver à la porte du temple, si vous
avez le malheur de regarder une seule fois
derrière vous en marchant. Vous aurez plusieurs stations à faire en divers endroits ;
vous devrez alors examiner tout ce qui s'of-
frira à vos regards ; mais dès qu'une porte
s'ouvrira devant vous, franchissez-la, et ne
vous retournez pas. C'est, vous le savez, la
prescription rigide des antiques initiations.
Vous devez aussi, d'après les rites anciens,
conserver soigneusement la flamme de votre

lampe, emblême de votre foi et de votre zèle. Allez, ma fille, et que cette pensée vous donne un courage surhumain; ce que vous êtes condamnée à souffrir maintenant est nécessaire au développement de votre esprit et de votre cœur dans la vertu et dans la foi véritable. »

Consuelo descendit les échelons avec précaution, et dès qu'elle eut atteint le dernier, on retira l'échelle, et elle entendit la lourde dalle retomber avec bruit et fermer l'entrée du souterrain au-dessus de sa tête.

8

Dans les premiers instants, Consuelo, passant d'une salle où brillait l'éclat de cent flambeaux, dans un lieu qu'éclairait seule la lueur de sa petite lampe, ne distingua rien qu'un brouillard lumineux répandu autour d'elle, et que son regard ne pouvait percer

Mais peu à peu ses yeux s'accoutumèrent
aux ténèbres, et comme elle ne vit rien d'effrayant entre elle et les parois d'une salle en
tout semblable, pour l'étendue et la forme
octogone, à celle dont elle sortait, elle se rassura au point d'aller examiner de près les
étranges caractères qu'elle apercevait sur les
murailles. C'était une seule et longue inscription disposée sur plusieurs lignes circu-
laires qui faisaient le tour de la salle, et que
n'interrompait aucune ouverture. En faisant
cette observation, Consuelo ne se demanda
pas comment elle sortirait de ce cachot, mais
quel pouvait avoir été l'usage d'une pareille
construction. Des idées sinistres qu'elle re-
poussa d'abord lui vinrent à l'esprit; mais
bientôt ces idées furent confirmées par la
lecture de l'inscription qu'elle lut en marchant lentement et en promenant sa lampe à
la hauteur des caractères.

« Contemple la beauté de ces murailles
assises sur le roc, épaisses de vingt-quatre
pieds, et debout depuis mille ans, sans que
ni les assauts de la guerre, ni l'action du
temps, ni les efforts de l'ouvrier aient pu les
entamer ! Ce chef-d'œuvre de maçonnerie
architecturale a été élevé par les mains des
esclaves, sans doute pour enfouir les trésors
d'un maître magnifique ? Oui ! pour enfouir
dans les entrailles du rocher, dans les profondeurs de la terre, des trésors de haine et
de vengeance. Ici ont péri, ici ont souffert, ici
ont pleuré, rugi et blasphémé vingt générations d'hommes, innocents pour la plupart,
quelques-uns héroïques ; tous victimes ou
martyrs : des prisonniers de guerre, des serfs
révoltés ou trop écrasés de taxes pour en
payer de nouvelles, des novateurs religieux,
des hérétiques sublimes, des infortunés, des
vaincus, des fanatiques, des saints, des scélé-

rats aussi, hommes dressés à la férocité des
camps, à la loi de meurtre et de pillage,
soumis à leur tour à d'horribles réprésail-
les. Voilà les catacombes de la féodalité, du
despotisme militaire ou religieux. Voilà les
demeures que les hommes puissants ont fait
construire par des hommes asservis, pour
étouffer les cris et cacher les cadavres de leurs
frères vaincus et enchaînés. Ici, point d'air
pour respirer, pas un rayon de jour, pas une
pierre pour reposer sa tête ; seulement des
anneaux de fer scellés au mur pour passer
le bout de la chaîne des prisonniers, et les
empêcher de choisir une place pour reposer
sur le sol humide et glacé. Ici, de l'air, du jour
et de la nourriture quand il plaisait aux gardes postés dans la salle supérieure d'entr'ouvrir un instant le caveau, et de jeter un mor-
ceau de pain à des centaines de malheureux
entassés les uns sur les autres, le lendemain

d'une bataille, blessés ou meurtris pour la
plupart; et, chose plus affreuse encore!
quelquefois, un seul resté le dernier, et s'é-
teignant dans la souffrance et le désespoir au
milieu des cadavres putréfiés de ses compagnons, quelque fois mangé des mêmes vers
avant d'être mort tout à fait, et tombant en
putréfaction lui-même avant que le sentiment de la vie et l'horreur de la réflexion
fussent anéantis dans son cerveau. Voilà,
ô néophyte! la source des grandeurs humaines, que tu as peut-être contemplées avec
admiration et jalousie dans le monde des
puissants! des crânes décharnés, des os hu-
mains brisés et desséchés, des larmes, des
taches de sang, voilà ce que signifient les
emblèmes de tes armoiries, si tes pères t'ont
légué la tache du pratriciat; voilà ce qu'il faudrait représenter sur les écussons des princes que tu as servis, ou que tu aspires à ser-

vir si tu es sorti de la plèbe. Oui, voilà le
fondement des titres de noblesse, voilà la
source des gloires et des richesses héréditai-
res de ce monde ; voilà comment s'est élevée
et conservée une caste que les autres castes
redoutent, flattent et caressent encore. Voilà,
voilà ce que les hommes ont inventé pour
s'élever de père en fils au-dessus des autres
hommes ! »

Après avoir lu cette inscription en faisant
trois fois le tour de la geôle, Consuelo, navrée
de douleur et d'effroi, posa sa lampe à terre
et se plia sur ses genoux pour se reposer. Un
profond silence régnait dans ce lieu lugubre,
et des réflexions épouvantables s'y éveil-
laient en foule. La vive imagination de Consuelo évoquait autour d'elle de sombres visions. Elle croyait voir des ombres livides et
couvertes de plaies hideuses s'agiter autour
des murailles, ou ramper sur la terre à ses

côtés. Elle croyait entendre leurs gémissements lamentables, leur râle d'agonie, leurs
faibles soupirs, le grincement de leurs chaînes. Elle réssuscitait dans sa pensée la vie du
passé telle qu'elle devait être au moyen-âge,
telle qu'elle avait été encore naguère durant les
guerres de religion. Elle croyait entendre au-
dessus d'elle, dans la salle des gardes, le pas
lourd et sinistre de ces hommes chaussés de
fer; le retentissement de leurs piques sur le
pavé, leurs rires grossiers, leurs chants d'or-
gie: leurs menaces et leurs jurons quand la
plainte des victimes montait jusqu'à eux, et
venait interrompre leur affreux sommeil; car
ils avaient dormi, ces geôliers, ils avaient
dû, ils avaient pu dormir sur cette geôle, sur
cet abîme infect, d'où s'exhalaient les miasmes
du tombeau et les rugissements de l'enfer.
Pâle, les yeux fixes, et les cheveux dressés
par l'épouvante. Consuelo ne voyait et n'en-

tendait plus rien. Lorsqu'elle se rappela sa
propre existence, et qu'elle se releva pour
échapper au froid qui la gagnait, elle s'aperçut qu'une dalle du sol avait été déracinée
et jetée en bas durant sa pénible extase, et
qu'un chemin nouveau s'ouvrait devant elle.
Elle en approcha, et vit un escalier étroit et
rapide qu'elle descendit avec peine, et qui la
conduisit dans une nouvelle cave, plus étroite et plus écrasée que la première. En tou-
chant le sol, qui était doux et comme moël-
leux sous le pied, Consuelo baissa sa lampe
pour regarder si elle ne s'enfonçait pas dans
la vase. Elle ne vit qu'une poussière grise,
plus fine que le sable le plus fin, et présen-
tant çà et là pour accidents, en guise de cail-
loux, une côte rompue, une tête de fémur,
un débris de crâne, une mâchoire encore
garnie de dents blanches et solides, témoi-
gnage de la jeunesse et de la force brusque-

ment brisées par une mort violente. Quelques
squelettes presque entiers avaient été retirés
de cette poussière, et dressés contre les murs
Il y en avait un parfaitement conservé, debout et enchaîné par le milieu du corps,
comme s'il eût été comdamné à périr là sans
pouvoir se coucher. Son corps au lieu de se
courber et de tomber en avant, plié et dislo-
qué, s'était roidi, ankylosé, et rejeté en arrière dans une attitude de fierté superbe et
d'implacable dédain. Les ligaments de sa char-
pente et de ses membres s'étaient ossifiés.
Sa tête, renversée, semblait regarder la
voûte, et ses dents, serrées par une dernière
contraction des mâchoires, paraissaient rire
d'un rire terrible, ou d'un élan de fanatisme sublime. Au-dessus de lui, son nom et son
histoire étaient écrits en gros caractères rouges sur la muraille. C'était un obscur martyr de la persécution religieuse, et la derniè-

re des victimes immolées dans ce lien. A ses
pieds était agenouillé un squelette dont la
tête, détachée des vertèbres, gisait sur le
pavé, mais dont les bras roidis tenaient encore embrassés les genoux du martyr : c'était
sa femme. L'inscription portait, entre autres
détails :

« N*** a péri ici avec sa femme, ses trois
frères et ses deux enfants, pour n'avoir pas
voulu abjurer la foi de Luther, et pour avoir
persisté, jusque dans les tortures, à nier
l'infaillibilité du pape. Il est mort debout et
desséché, pétrifié en quelque sorte, et sans
pouvoir regarder à ses pieds sa famille ago-
nisante sur la cendre de ses amis et de ses
pères. »

En face de cette inscription, on lisait celle-
ci ;

« Néophyte, le sol friable que tu foules est
épais de vingt pieds. Ce n'est ni du sable, ni

de la terre, c'est de la poussière humaine.
Ce lieu était l'ossuaire du château. C'est ici
qu'on jetait ceux qui avaient expiré dans la
geôle placée au-dessus, quand il n'y avait
plus de place pour les nouveaux venus. C'est
la cendre de vingt générations de victimes.
Heureux et rares, les patriciens qui peuvent compter parmi leurs ancêtres vingt générations d'assassins et de bourreaux ! »

Consuelo fut moins épouvantée de l'aspect
de ces objets funèbres qu'elle ne l'avait été
dans la geôle par les suggestions de son propre esprit. Il y a quelque chose de trop grave
et de trop solennel dans l'aspect de la mort
même, pour que les faiblesses de la peur et
les déchirements de la pitié puissent obscurcir
l'enthousiasme ou la sérénité des âmes fortes et croyantes. En présence de ces reliques
la noble adepte de la religion d'Albert sentit
plus de respect et de charité que d'effroi ou

de consternation. Elle se mit à genoux devant la dépouille du martyr, et, sentant revenir ses forces morales, elle s'écria, en bai-
sant cette main décharnée : « Oh ! ce n'est
pas l'auguste spectacle d'une glorieuse destruction qui peut faire horreur ou pitié ! c'est
plutôt l'idée de la vie en lutte avec les tourments de l'agonie. C'est la pensée de ce qui
a dû se passer dans ces âmes désolées, qui
remplit d'amertume et de terreur la pensée
des vivants ! Mais toi, malheureuse victime,
morte debout, et la tête tournée vers le ciel,
tu n'es point à plaindre, car tu n'as point
faibli, et ton âme s'est exhalée dans un transport de ferveur qui me remplit de vénéra-
tion. »

Consuelo se leva lentement et détacha avec
une sorte de calme son voile de mariée qui
s'était accroché aux ossements de la femme
agenouillée à ses côtés. Une porte étroite et

basse venait de s'ouvrir devant elle. Elle reprit sa lampe, et, soigneuse de ne pas se retourner, elle entra dans un couloir étroit et
sombre qui descendait en pente rapide. A sa
droite et à sa gauche elle vit l'entrée de geô-
les étouffées sous la masse d'une architecture
vraiment sépulcrale. Ces cachots étaient trop
bas pour qu'on pût s'y tenir debout, et à
peine assez longs pour que l'on pût s'y tenir
couché. Ils semblaient l'œuvre des cyclopes,
tant ils étaient fortement construits et ména-
gés avec art dans les massifs de la maçonnerie, comme pour servir de loges à quelques
animaux farouches et dangereux. Mais Consuelo ne pouvait s'y tromper : elle avait vu
les arènes de Vérone ; elle savait que les ti-
gres et les ours réservés jadis aux amuse-
ments du cirque, aux combats de gladiateurs,
étaient mieux logés mille fois. D'ailleurs,
elle lisait sur les portes de fer, que ces cachots

inexpugnables avaient été réservés aux princes vaincus, aux vaillants capitaines, aux
prisonniers les plus importants et les plus
redoutables par leur rang, leur intelligence,
ou leur énergie. Des précautions si formida-
bles contre leur évasion témoignaient de
l'amour ou du respect qu'ils avaient inspiré à
leurs partisans. Voilà où était venu s'éteindre
le rugissement de ces lions qui avaient fait
tressaillir le monde à leur appel. Leur puissance et leur volonté s'étaient brisées contre
un angle de mur ; leur poitrine herculéenne
s'était desséchée à chercher l'aspiration d'un
peu d'air, auprès d'une fente imperceptible,
taillée en biseau dans vingt-quatre pieds de
moellons. Leur regard d'aigle s'était usé à
guetter une faible lueur dans d'éternelles ténèbres. C'est là qu'on enterrait vivants les
hommes qu'on n'osait pas tuer au jour. Des
têtes illustres, des cœurs magnanimes avaient

expié là l'exercice, et sans doute aussi l'abus des droits de la force.

Après avoir erré quelque temps dans ces galeries obscures et humides qui s'enfonçaient sous le roc, Consuelo entendit un bruit d'eau courante qui lui rappela le redoutable torrent souterrain de Riesenburg ; mais elle était trop préoccupée des malheurs et des crimes de l'humanité, pour songer long-temps à elle-même. Elle fut forcée de s'arrêter un peu pour faire le tour d'un puisard à fleur de terre qu'une torche éclairait. Au-dessous de la torche elle lut sur un poteau ce peu de mots, qui n'avaient pas besoin de commentaires :

« C'est là qu'on les noyait ! »

Consuelo se pencha pour regarder l'intérieur du puits. L'eau du ruisseau sur lequel elle avait navigué si paisiblement il n'y avait qu'une heure, s'engouffrait là dans une pro-

fondeur effrayante, et tournoyait en rugis-
sant, comme avide de saisir et d'entraîner
une victime. La lueur rouge de la torche de
ésine donnait à cette onde sinistre la couleur du sang.

Enfin Consuelo arriva devant une porte
massive qu'elle essaya vainement d'ébranler.
Elle se demanda si, comme dans les initiations des pyramides d'Egypte, elle allait être
enlevée dans les airs par des chaînes invisibles, tandis qu'un gouffre s'ouvrirait sous ses
pieds et qu'un vent subit et violent étein-
drait sa lampe. Une autre frayeur l'agitait
plus sérieusement; depuis qu'elle marchait
dans la galerie, elle s'était aperçue qu'elle
n'était pas seule; quelqu'un marchait sur ses
pas avec tant de légèreté, qu'elle n'entendait pas le moindre bruit; mais elle croyait
avoir senti le frôlement d'un vêtement
auprès du sien, et lorsqu'elle avait dépassé

le puits, la lueur de la torche, en se trou-
vant derrière elle, avait envoyé aux parois
du mur qu'elle suivait, deux ombres vacil-
lantes au lieu d'une seule. Quel était donc
ce redoutable compagnon qu'il lui était défendu de regarder, sous peine de perdre le
fruit de tous ses travaux, et de ne jamais
franchir le seuil du temple? Etait-ce quelque spectre effrayant dont la laideur eût glacé son courage et troublé sa raison? Elle ne
voyait plus son ombre, mais elle s'imaginait
entendre le bruit de sa respiration tout près
d'elle; et cette porte fatale qui ne voulait pas
s'ouvrir! Les deux ou trois minutes qui
s'écoulèrent dans cette attente lui parurent
un siècle. Ce muet acolyte lui faisait peur;
elle craignait qu'il ne voulût l'éprouver en
lui parlant, en la forçant par quelque ruse à
le regarder. Son cœur battait avec violence;

enfin elle vit qu'il lui restait une inscription
à lire au-dessus de la porte.

« C'est ici que t'attend la dernière épreuve, et c'est la plus cruelle. Si ton courage est
épuisé, frappe deux coups au battant gauche
de cette porte ; sinon, frappes-en trois au
battant de droite. Songe que la gloire de ton
initiation sera proportionnée à tes efforts.»

Consuelo n'hésita pas et frappa les trois
coups à droite. Le battant de la porte s'ouvrit comme de lui-même, et elle pénétra
dans une vaste salle éclairée de nombreux
flambeaux. Il n'y avait personne, et d'a-
bord elle ne comprit rien aux objets bizarres rangés et alignés symétriquement autour d'elle. C'étaient des machines de bois,
de fer et de bronze dont l'usage lui était
inconnu ; des armes étranges, étalées sur
des tables ou pendues à la muraille. Un
instant elle se crut dans un musée d'artille-

rie; car il y avait en effet des mousquets, des
canons, des coulevrines, et tout un attirail
de machines de guerre servant de premier
plan aux autres instruments. On s'était plu
à réunir là tous les moyens de destruction
inventés par les hommes pour s'immoler entre eux. Mais lorsque la néophyte eut fait
quelques pas en avant à travers cet arsenal,
elle vit d'autres objets d'une barbarie plus
raffinée, des chevalets, des roues, des scies,
des cuves de fonte, des poulies, des crocs,
tout un musée d'instruments de torture; et
sur un grand écriteau dressé au milieu et
surmontant un trophée formé de masses, de
tenailles, de ciseaux, de limes, de haches den-
telées, et de tous les abominables outils du
tourmenteur, on lisait : « Ils sont tous fort
précieux, tous authentiques; *ils ont tous
servi.* »

Alors Consuelo sentit défaillir tout son

être. Une sueur froide détrempait les tresses
de ses cheveux. Son cœur ne battait plus.
Incapable de se soustraire à l'horreur de ce
spectacle et des visions sanglantes qui l'as-
saillaient en foule, elle examinait ce qui
était devant elle avec cette curiosité stupide et funeste qui s'empare de nous dans
l'excès de l'épouvante. Au lieu de fermer les
yeux, elle contemplait une sorte de cloche
de bronze qui avait une tête monstrueuse et
un casque rond posés sur un gros corps
informe, sans jambes et tronqué à la hauteur des genoux. Cela ressemblait à une
statue colossale, d'un travail grossier, destinée à orner un tombeau. Peu à peu Consuelo, sortant de sa torpeur, comprit, par
une intuition involontaire, qu'on mettait le
patient accroupi sous cette cloche. Le poids
en était si terrible, qu'il ne pouvait, par aucun effort humain, la soulever. La dimension

intérieure était si juste, qu'il ne pouvait y
faire un mouvement. Cependant ce n'était pas
avec le dessein de l'étouffer qu'on le mettait
là, car la visière du casque rabattue à l'endroit du visage, et tout le pourtour de la tête
étaient percés de petits trous dans quelques-
uns desquels étaient encore plantés des sty-
lets effilés. A l'aide de ces cruelles piqûres on
tourmentait la victime pour lui arracher l'a-
veu de son crime réel ou imaginaire, la déla-
tion contre ses parents ou ses amis, la confession de sa foi politique ou religieuse (1).
Sur le sommet du casque, on lisait, en carac-

(1) Tout le monde peut voir un instrument de ce
genre avec cent autres non moins ingénieux dans l'arsenal de Venise. Consuelo ne l'y avait pas vu : ces
horribles instruments de torture, ainsi que l'intérieur des
cachots du saint office et des plombs du palais ducal,
n'ont été livrés à l'examen du public, que l'intérieur
l'entrée des Français à Venise, lors des guerres de la
république.

tères incisés dans le métal, ces mots en langue espagnole :

Vive la sainte inquisition !

Et au-dessous, une prière qui semblait dictée par une compassion féroce, mais qui était
peut-être sortie du cœur et de la main du
pauvre ouvrier condamné à fabriquer cette
infâme machine ;

Sainte mère de Dieu, priez pour le pauvre
pécheur !

Une touffe de cheveux, arrachée dans les
tourments, et sans doute collée par le sang,
était restée au-dessous de cette prière, comme des stygmates effrayants et indélébiles.
Ils sortaient par un des trous qu'avait élar-
gi le stylet. C'étaient des cheveux blancs !

Tout à coup, Consuelo ne vit plus rien et
cessa de souffrir. Sans être avertie par aucun

sentiment de douleur physique, car son âme et son corps n'existaient plus que dans le corps et l'âme de l'humanité violentée et mutilée, elle tomba droite et raide sur le pavé comme une statue qui se détacherait de son piédestal; mais au moment où sa tête allait frapper le bronze de l'infernale machine, elle fut reçue dans les bras d'un homme qu'elle ne vit pas. C'était Liverani.

9

En reprenant connaissance, Consuelo se vit assise sur des tapis de pourpre, qui recouvraient les degrés de marbre blanc d'un élégant péristyle corinthien. Deux hommes masqués en qui elle reconnut, à la couleur de leurs manteaux, Liverani et celui qu'a-

vec raison elle pensait devoir être Marcus ,
la soutenaient dans leurs bras, et la rani-
maient de leurs soins. Une quarantaine d'autres personnages, enveloppés et masqués, les
mêmes qu'elle avait vus autour du simulacre
du cercueil de Jésus, étaient rangés sur deux
files, le long des degrés, et chantaient en
chœur un hymne solennel , dans une langue inconnue, en agitant des couronnes de
roses, des palmes et des rameaux de fleurs.
Les colonnes étaient ornées de guirlandes,
qui s'entre-croisaient en festons, comme un
arc de triomphe, au devant de la porte fermée
du temple et au-dessus de Consuelo. La lune,
brillant, au zénith, de tout son éclat, éclairait seule cette façade blanche; et au dehors, tout autour de ce sanctuaire, de vieux
ifs, des cyprès et des pins, formaient un im-
pénétrable bosquet, semblable à un bois sa-

cré, sous lequel murmurait une onde mystérieuse , aux reflets argentés.

« Ma sœur, dit Marcus, en aidant Consuelo
à se lever, vous êtes sortie victorieuse de
vos épreuves. Ne rougissez pas d'avoir souffert et faibli physiquement sous le poids de
la douleur. Votre généreux cœur s'est brisé
d'indignation et de pitié devant les témoignages palpables des crimes et des maux de l'humanité. Si vous fussiez arrivée ici debout et
sans aide , nous aurions moins de respect
pour vous qu'en vous y apportant mourante
et navrée. Vous avez vu les cryptes d'un château seigneurial, non pas d'un lieu particulier , célèbre entre tous par les crimes dont
il a été le théâtre , mais semblable à tous
ceux dont les ruines couvrent une grande
partie de l'Europe, débris effrayants du vaste
réseau à l'aide duquel la puissance féodale
enveloppa , durant tant de siècles , le monde

civilisé, et fit peser sur les hommes le crime
de sa domination farouche et l'horreur des
guerres civiles. Ces hideuses demeures, ces
sauvages forteresses ont nécessairement servi
de repaire à tous les forfaits que l'humanité a
dû voir s'accomplir, avant d'arriver, par les
guerres de religion, par le travail des sectes
émancipatrices, et par le martyre de l'élite
des hommes, à la notion de la vérité. Par-
courez l'Allemagne, la France, l'Italie, l'Angleterre, l'Espagne, les pays slaves : vous ne
trouverez pas une vallée, vous ne gravirez
pas une montagne sans apercevoir au-dessus
de vous les ruines imposantes de quelque
terrible manoir, ou tout au moins sans dé-
couvrir à vos pieds, dans l'herbe, quelque
vestige de fortification. Ce sont là les traces
ensanglantées du droit de conquête, exercé
par la caste patricienne sur les castes asser-
vies. Et si vous explorez toutes ces ruines, si

vous fouillez le sol qui les a dévorées, et qui
travaille sans cesse à les faire disparaître ,
vous trouverez , dans toutes, les vestiges de
ce que vous venez de voir ici : une geôle, un
caveau pour le trop-plein des morts, des
loges étroites et fétides pour les prisonniers
d'importance , un coin pour assassiner sans
bruit ; et, au sommet de quelque vieille tour,
ou dans les profondeurs de quelque souterrain, un chevalet pour les serfs récalcitrants
et les soldats réfractaires, une potence pour
les déserteurs, des chaudières pour les hérétiques. Combien ont péri dans la poix bouil-
lante, combien ont disparu sous les flots,
combien ont été enterrés vivants dans les
mines ! Ah ! si les murs des châteaux , si les
flots des lacs et des fleuves, si les antres des
rochers pouvaient parler et raconter tout ce
qu'ils ont vu et enfoui d'iniquités ! Le nombre

en est trop considérable pour que l'histoire
ait pu en enrégistrer le détail!

« Mais ce ne sont pas les seigneurs seuls,
ce n'est pas la race patricienne exclusivement qui a rougi la terre de tant de sang
innocent. Les rois et les prêtres, les trônes et l'Église, voilà les grandes sources
d'iniquités, voilà les forces vives de la
destruction. Un soin austère, une sombre
mais forte pensée a rassemblé dans une des
salles de notre antique manoir une partie des
instruments de torture inventés par la haine
du fort contre le faible. La description n'en
serait pas croyable, la vue peut à peine les
comprendre, la pensée se refuse à les admettre. Et cependant ils ont fonctionné durant des siècles, ces hideux appareils, dans
les châteaux royaux, comme dans les citadelles des petits princes, mais surtout dans
les cachots du saint office ; que dis-je? ils y

fonctionnent encore, quoique plus rarement.
L'inquisition subsiste encore, torture encore;
et, en France, le plus civilisé de tous les pays,
il y a encore des parlements de province qui
brûlent de prétendus sorciers.

« D'ailleurs la tyrannie est-elle donc renversée? Les rois et les princes ne ravagent-ils
plus la terre? La guerre ne porte-t-elle pas la
désolation dans les opulentes cités, comme
dans la chaumière du pauvre, au moindre
caprice du moindre souverain? La servitude
n'est-elle pas encore en vigueur dans une moitié de l'Europe? Les troupes ne sont-elles pas
soumises encore presque partout au régime
du fouet et du bâton? Les plus beaux et les
plus braves soldats du monde, les soldats
prussiens, ne sont-ils pas dressés comme
des animaux à coups de verge et de canne?
Le knout ne mène-t-il pas les serfs russes?
Les nègres ne sont-ils pas plus maltraités en

Amérique que les chiens et les chevaux? Si
les forteresses des vieux barons sont déman-
telées et converties en demeures inoffensives,
celles des rois ne sont-elles pas encore debout?
Ne servent-elles pas de prisons aux innocents
plus souvent qu'aux coupables? Et toi, ma
sœur, toi la plus douce et la plus noble des
femmes, n'as-tu pas été captive à Spandau?

« Nous te savions généreuse, nous comp-
tions sur ton esprit de justice et de charité;
mais te voyant destinée, comme une partie
de ceux qui sont ici, à retourner dans le
monde, à fréquenter les cours, à approcher
de la personne des souverains, à être, toi
particulièrement, l'objet de leurs séductions,
nous avons dû te mettre en garde contre l'e-
nivrement de cette vie d'éclat et de dangers;
nous avons dû ne pas t'épargner les ensei-
gnements, même les plus terribles. Nous
avons parlé à ton esprit par la solitude à la-

quelle nous t'avons condamnée et par les livres que nous avons mis entre tes mains ;
nous avons parlé à ton cœur par des paroles
paternelles et des exhortations tour à tour sé-
vères et tendres ; nous avons parlé à tes yeux
par des épreuves plus douloureuses et d'un
sens plus profond que celles des antiques
mystères. Maintenant, si tu persistes à recevoir l'initiation, tu peux te présenter sans
crainte devant ces juges incorruptibles, mais
paternels, que tu connais déjà, et qui t'attendent ici pour te couronner ou pour te rendre
la liberté de nous quitter à jamais. »

En parlant ainsi, Marcus, élevant le bras,
désignait à Consuelo la porte du temple, au-
dessus de laquelle les trois mots sacramen-
tels, *liberté*, *égalité*, *fraternité*, venaient de
s'allumer en lettres de feu.

Consuelo, affaiblie et brisée physiquement,
ne vivait plus que par l'esprit. Elle n'avait pu

écouter debout le discours de Marcus. Forcée de se rasseoir sur le fût d'une colonne,
elle s'appuyait sur Liverani, mais sans le voir,
sans songer à lui. Elle n'avait pourtant pas
perdu une seule parole de l'initiateur. Pâle
comme un spectre, l'œil fixe et la voix éteinte,
elle n'avait pas l'air égaré qui succède aux
crises nerveuses. Une exaltation concentrée
remplissait sa poitrine, dont la faible respiration n'était plus appréciable pour Liverani.
Ses yeux noirs, que la fatigue et la souffrance enfonçaient un peu sous les orbites, bril-
laient d'un feu sombre. Un léger pli à son
front trahissait une résolution inébranlable,
la première de sa vie. Sa beauté en cet instant fit peur à ceux des assistants qui l'a-
vaient vue ailleurs invariablement douce et
bienveillante. Liverani devint tremblant
comme la feuille de jasmin que la brise de la
nuit agitait au front de son amante. Elle se

leva avec plus de force qu'il ne s'y serait at-
tendu; mais aussitôt ses genoux faiblirent,
et pour monter les degrés, elle se laissa presque porter par lui, sans que l'étreinte de ses
bras, qui l'avait tant émue, sans que le voi-
sinage de ce cœur qui avait embrasé le sien,
vinssent la distraire un instant de sa méditation intérieure. Il mit entre sa main et celle
de Consuelo la croix d'argent, ce talisman
qui lui donnait des droits sur elle, et qui lui
servait à se faire reconnaître. Consuelo ne
parut reconnaître ni le gage ni la main qui
le présentait. La sienne était contractée par
la souffrance. C'était une pression mécani-
que, comme lorsqu'on saisit une branche pour
se retenir au bord d'un abyme : mais le sang
du cœur n'arrivait pas jusqu'à cette main
glacée.

« Marcus! dit Liverani à voix basse, au
moment où celui-ci passa près de lui pour

aller frapper à la porte du temple, ne nous quittez pas. L'épreuve a été trop forte. J'ai peur !

— Elle t'aime ! répondit Marcus.

— Oui, mais elle va peut-être mourir ! » reprit Liverani en frissonnant.

Marcus frappa trois coups à la porte, qui s'ouvrit et se referma aussitôt qu'il fut entré avec Consuelo et Liverani. Les autres frères restèrent sous le péristyle, en attendant qu'on les introduisît pour la cérémonie de l'initiation ; car, entre cette initiation et les dernières épreuves, il y avait toujours un entretien secret entre les chefs invisibles et le récipiendaire.

L'intérieur du kiosque en forme de temple, qui servait à ces initiations au château de ***, était magnifiquement orné, et décoré, entre chaque colonne, des statues des plus grands amis de l'humanité. Celle de Jésus-Christ y

était placée au milieu de l'amphithéâtre,
entre celles de Pythagore et de Platon. Apol-
lonius de Thyane était à côté de saint Jean,
Abailard auprès de saint Bernard, Jean Huss
et Jérôme de Prague à côté de sainte Catherine et de Jeanne d'Arc. Mais Consuelo ne
s'arrêta pas à considérer les objets extérieurs.
Toute renfermée en elle-même, elle revit
sans surprise et sans émotion ces mêmes
juges qui avaient sondé son cœur si profondément. Elle ne sentait plus aucun trouble en
la présence de ces hommes, quels qu'ils fussent, et elle attendait leur sentence avec un
grand calme apparent.

« Frère introduceur, dit à Marcus le hui-
tième personnage, qui, assis au-dessous des
sept juges, portait toujours la parole pour
eux, quelle personne nous amenez-vous ici?
Quel est son nom?

— Consuelo Porporina, répondit Marcus.

— Ce n'est pas là ce qu'on vous demande,
mon frère, répondit Consuelo ; ne voyez-
vous pas que je me présente ici en habit de
mariée, et non en costume de veuve ? Annoncez la comtesse Albert de Rudolstadt.

— Ma fille, dit le frère orateur, je vous
parle au nom du conseil. Vous ne portez plus
le nom que vous invoquez, votre mariage
avec le comte de Rudolstadt est rompu.

— De quel droit ? et en vertu de quelle autorité ? demanda Consuelo d'une voix brève
et forte comme dans la fièvre. Je ne recon-
nais aucun pouvoir théocratique. Vous m'a-
vez appris vous-mêmes à ne vous reconnaître
sur moi d'autres droits que ceux que je vous
aurai librement donnés, et à ne me soumettre
qu'à une autorité paternelle. La vôtre ne le
serait pas si elle brisait mon mariage sans
l'assentiment de mon époux et sans le mien.

Ce droit, ni lui ni moi ne vous l'avons donné.

— Tu te trompes, ma fille : Albert nous a donné le droit de disposer de son sort et du tien ; et toi-même tu nous l'as donné aussi en nous ouvrant ton cœur, et en nous confessant ton amour pour un autre.

— Je ne vous ai rien confessé, répondit Consuelo, et je renie l'aveu que vous voulez m'arracher.

— Introduisez la sibylle, » dit l'orateur à Marcus.

Une femme de haute taille, toute drapée de blanc, et la figure cachée sous son voile, entra et s'assit au milieu du demi-cercle formé par les juges. A son tremblement nerveux, Consuelo reconnut facilement Wanda.

« Parle, prêtresse de la vérité ; dit l'orateur ; parle, interprète et révélatrice des plus

intimes secrets, des plus délicats mouvements du cœur. Cette femme est-elle l'é-
pouse d'Albert de Rudolstadt?

— Elle est son épouse fidèle et respectable, répondit Wanda; mais, dans ce moment
vous devez prononcer son divorce. Vous
voyez bien, par qui elle est amenée ici; vous
voyez bien que celui de nos enfants dont elle
tient la main est l'homme qu'elle aime et à
qui elle doit appartenir, en vertu du droit
imprescriptible de l'amour dans le mariage. »

Consuelo se retourna avec surprise vers
Liverani, et regarda sa propre main, qui
était engourdie et comme morte dans la
sienne. Elle semblait être sous la puissance
d'un rêve et faire des efforts pour se réveiller.
Elle se détacha enfin avec énergie de cette
étreinte, et, regardant le creux de sa main,
elle y vit l'empreinte de la croix de sa mère.

« C'est donc là l'homme que j'ai aimé ! dit-elle, avec le sourire mélancolique d'une sainte ingénuité. Eh bien, oui! je l'ai aimé tendrement, éperdument ; mais c'était un rêve ! J'ai cru qu'Albert n'était plus, et vous me disiez que celui-ci était digne de mon estime et de ma confiance. Puis j'ai revu Albert ; j'ai cru comprendre, à son langage, qu'il ne voulait plus être mon époux, et je ne me suis pas défendue d'aimer cet inconnu dont les lettres et les soins m'enivraient d'un fol attrait. Mais on m'a dit qu'Albert m'aimait toujours, et qu'il renonçait à moi par vertu et par générosité. Et pourquoi donc Albert s'est-il persuadé que je resterais au-dessous de lui dans le dévouement ? Qu'ai-je fait de criminel jusqu'ici, pour que l'on me croie capable de briser son âme en acceptant un bonheur égoïste ? Non, je ne me souillerai jamais d'un pareil crime. Si Albert me croit indigne

de lui pour avoir eu un autre amour que le
sien dans le cœur; s'il se fait un scrupule de
briser cet amour, et qu'il ne désire pas m'en
inspirer un plus grand, je me soumettrai à
son arrêt; j'accepterai la sentence de ce divorce contre lequel pourtant mon cœur et ma
conscience se révoltent; mais je ne serai ni
l'épouse ni l'amante d'un autre. Adieu, Liverani, ou qui que vous soyez, à qui j'ai confié
la croix de ma mère dans un jour d'abandon
qui ne me laisse ni honte ni remords. Rendez-
moi ce gage, afin qu'il n'y ait plus rien entre
nous qu'un souvenir d'estime réciproque et
le sentiment d'un devoir accompli sans amertume et sans effort.

— Nous ne reconnaissons pas une pareille
morale, tu le sais, reprit la sibylle; nous
n'acceptons pas de tels sacrifices; nous voulons inaugurer et sanctifier l'amour, perdu
et profané dans le monde, le libre choix du

cœur, l'union sainte et volontaire de deux
êtres également épris. Nous avons sur nos
enfants le droit de redresser la conscience,
de remettre les fautes, d'assortir les sympathies, de briser les entraves de l'ancienne société. Tu n'as donc pas celui de disposer de
ton être pour le sacrifice, tu ne peux pas
étouffer l'amour dans ton sein et renier la
vérité de ta confession, sans que nous t'y
ayons autorisée.

— Que me parlez-vous de liberté, que me
parlez-vous d'amour et de bonheur ? s'écria
Consuelo en faisant un pas vers les juges
avec une explosion d'enthousiasme et un
rayonnement de physionomie sublime. Ne
venez-vous pas de me faire traverser des
épreuves qui doivent laisser sur le front une
éternelle pâleur, et dans l'âme une invincible
austérité ? Quel être insensible et lâche me
croyez-vous, si vous me jugez encore capa-

ble de rêver et de chercher des satisfactions
personnelles après ce que j'ai vu, après ce
que j'ai compris, après ce que je sais désormais de la vie des hommes, et de mes devoirs en ce monde? Non, non plus d'amour,
plus d'hyménée, plus de liberté, plus de
bonheur, plus de gloire, plus d'art, plus rien
pour moi, si je dois faire souffrir le dernier
d'entre mes semblables! Et n'est-il pas prou-
vé que toute joie s'achète dans ce monde
d'aujourd'hui au prix de la joie de quelque
autre ? N'y a-t-il pas quelque chose de
mieux à faire que de se contenter soi-même?
Albert ne pense-t-il pas ainsi, et n'ai-je pas
le droit de penser comme lui? N'espère-t-
il pas trouver, dans son sacrifice même,
la force de travailler pour l'humanité avec
plus d'ardeur et d'intelligence que jamais?
Laissez-moi être aussi grande qu'Albert.
Laissez-moi fuir la menteuse et criminelle

illusion du bonheur. Donnez-moi du travail,
de la fatigue, de la douleur et de l'enthousiasme! Je ne comprends plus la joie que
dans la souffrance; j'ai soif du martyre
depuis que vous m'avez fait voir imprudem-
ment les trophées du supplice. Oh! honte à
ceux qui ont compris le devoir, et qui se
soucient encore d'avoir en partage le bonheur ou le repos sur la terre! Il s'agit bien
de nous, il s'agit bien de moi! Oh! Liverani!
si vous m'aimez d'amour après avoir subi
les épreuves qui m'amènent ici, vous êtes
insensé, vous n'êtes qu'un enfant indigne du
nom d'homme, indigne à coup sûr que je vous
sacrifie l'affection héroïque d'Albert. Et toi, Albert, si tu es ici, si tu m'entends, tu ne devrais
pas refuser du moins de m'appeler ta sœur, de
me tendre la main et de m'aider à marcher
dans le rude sentier qui te mène à Dieu. »

L'enthousiasme de Consuelo était porté

au comble ; les paroles ne lui suffisaient plus
pour l'exprimer. Une sorte de vertige s'empara d'elle, et, ainsi qu'il arrivait aux pitho-
nisses, dans le paroxysme de leurs crises
divines de se livrer à des cris et à d'étranges
fureurs, elle fut entraînée à manifester l'é-
motion qui la débordait par l'expression qui
lui était la plus naturelle. Elle se mit à chanter d'une voix éclatante et dans un transport
au moins égal à celui qu'elle avait éprouvé
en chantant ce même air à Venise, en public
pour la première fois de sa vie, et en pre-
sence de Marcello et de Porpora :

> I cieli immensi narrano
> Del grande iddio la gloria !

Ce chant lui vint sur les lèvres parce qu'il
est peut-être l'expression la plus naïve et la
plus saisissante que la musique ait jamais
donnée à l'enthousiasme religieux. Mais

Consuelo n'avait pas le calme nécessaire pour contenir et diriger sa voix; après ces deux vers, l'intonation devint un sanglot dans sa poitrine, elle fondit en pleurs et tomba sur ses genoux.

Les invisibles, électrisés par sa ferveur, s'étaient levés simultanément, comme pour entendre debout, dans l'attitude du respect, ce chant de l'inspirée. Mais en la voyant succomber sous l'émotion, ils descendirent tous de l'enceinte et s'approchèrent d'elle, tandis que Wanda la saisissant dans ses bras et la jetant dans ceux de Liverani, lui cria : « Eh bien! regarde-le donc, et sache que Dieu t'accorde de pouvoir concilier l'amour et la vertu, le bonheur et le devoir. »

Consuelo, sourde pendant un instant, et comme ravie dans un autre monde, regarda enfin Liverani, dont Marcus venait d'arra-

cher le masque. Elle fit un cri perçant et
faillit expirer sur son sein en reconnaissant
Albert. Albert et Liverani étaient le même
homme.

10

En ce moment les portes du temple s'ou-
vrirent en rendant un son métallique, et les
Invisibles entrèrent deux à deux. La voix magique de l'harmonica, cet instrument récemment inventé (1), dont la vibration pé-

(1) Tout le monde sait que l'harmonica fit une telle
sensation en Allemagne à son apparition, que les imagi-

nétrante était une merveille inconnue aux organes de Consuelo, se fit entendre dans les airs, et sembla descendre de la coupole entr'ouverte aux rayons de la lune et aux brises vivifiantes de la nuit. Une pluie de

nations poétiques voulurent y voir l'audition des voix surnaturelles, évoquées par les consécrateurs de certains mystères. Cet instrument, réputé magique avant de se populariser, fut élevé, pendant quelque temps, par les adeptes de la théosophie allemande, aux mêmes honneurs divins que la lyre chez les anciens, et que beaucoup d'autres instruments de musique chez les peuples primitifs de l'Himalaya. Ils en firent une des figures hiéroglyphiques de leur inconographie mystérieuse. Ils le représentaient sous la forme d'une chimère fantastique. Les néophytes des sociétés secrètes, qui l'entendaient pour la première fois, après les terreurs et les émotions de leurs rudes épreuves, en étaient si fortement impressionnés que plusieurs tombaient en extase. Ils croyaient entendre le chant des puissances invisibles, car on leur cachait l'exécutant et l'instrument avec le plus grand soin. Il y a des détails extrêmement curieux sur le rôle extraordinaire de l'harmonica dans les cérémonies de réception de l'illuminisme.

fleurs tombait lentement sur l'heureux couple placé au centre de cette marche solennelle. Wanda, debout auprès d'un trépied
d'or, d'où sa main droite faisait jaillir des
flammes éclatantes et des nuages de parfums, tenait de la main gauche les deux
bouts d'une chaîne de fleurs et de feuillages
symboliques qu'elle avait jetée autour des
deux amants. Les chefs invisibles, la face
couverte de leurs longues draperies rouges,
et la tête ceinte des mêmes feuillages de
chêne et d'acacia consacrés par leurs rites,
étaient debout, les bras étendus comme
pour accueillir les frères, qui s'inclinaient
en passant devant eux. Ces chefs avaient la
majesté des druides antiques; mais leurs
mains pures de sang n'étaient ouvertes que
pour bénir, et un religieux respect rempla-
çait dans le cœur des adeptes la terreur fanatique des religions du passé. A mesure

que les initiés se présentaient devant le vénérable tribunal, ils ôtaient leurs masques pour saluer à visage découvert ces augustes inconnus, qui ne s'étaient jamais manifestés à eux que par des actes de clémente justice, d'amour paternel et de haute sagesse. Fidèles, sans regret et sans méfiance, à la religion du serment, ils ne cherchaient pas à lire d'un regard curieux sous ces voiles impénétrables. Sans doute leurs adeptes les connaissaient sans le savoir, ces mages d'une religion nouvelle, qui, mêlés à eux dans la société et dans le sein même de leurs assemblées, étaient les meilleurs amis, les plus intimes confidents de la plupart d'entre eux, de chacun d'eux peut-être en particulier. Mais, dans l'exercice de leur culte commun, la personne du prêtre était à jamais voilée, comme l'oracle des temps antiques.

Heureuse enfance des croyances naïves,

aurore quasi fabuleuse des conspirations sa-
crées, que la nuit du mystère enveloppe,
dans tous les temps, de poétiques incertitu-
des! Bien qu'un siècle à peine nous sépare de
l'existences de ces Invisibles, elle est problématique pour l'historien ; mais trente ans
plus tard l'illuminisme reprit ces formes
ignorées du vulgaire, et, puisant à la fois
dans le génie inventif de ses chefs et dans la
tradition des sociétés secrètes de la mystique
Allemagne, il épouvanta le monde par la
plus formidable et la plus savante des con-
jurations politiques et religieuses. Il ébranla
un instant toutes les dynasties sur leurs
trônes, et succomba à son tour, en léguant
à la Révolution française comme un courant
électrique d'enthousiasme sublime, de foi
ardente et de fanatisme terrible. Un demi-
siècle avant ces jours marqués par le destin,
et tandis que la monarchie galante de

Louis XV , le despotisme philosophique de
Frédéric II, la royauté sceptique et railleuse
de Voltaire, la diplomatie ambitieuse de
Marie-Thérése , et l'hérétique tolérance
de Ganganelli, semblaient n'annoncer pour
longtemps au monde que décrépitude, an-
tagonisme, chaos et dissolution, la Révolution française fermentait à l'ombre et
germait sous terre. Elle couvait dans des esprits croyants jusqu'au fanatisme, sous la
forme d'un rêve de révolution universelle ;
et pendant que la débauche, l'hypocrisie ou
l'incrédulité régnaient officiellement sur le
monde, une foi sublime, une magnifique révélation de l'avenir, des plans d'organisation aussi profonds et plus savants peut-être
que notre Fouriérisme et notre Saint-Simo-
nisme d'aujourd'hui, réalisaient déjà dans
quelques groupes d'hommes exceptionnels
la conception idéale d'une société future,

diamétralement opposée à celle qui couvre
et cache encore leur action dans l'histoire.

Un tel contraste est un des traits les plus
saisissants de ce dix-huitième siècle, trop
rempli d'idées et de travail intellectuel de
tous les genres, pour que la synthèse ait pu
en être déjà faite avec clarté et profit par les
historiens philosophiques de nos jours. C'est
qu'il y a là un amas de documents contradic-
toires et de faits incompris, insaisissables au
premier abord, sources troublées par le tu-
multe du siècle, et qu'il faudrait épurer pa-
tiemment pour en retrouver le fonds solide.
Beaucoup de travailleurs énergiques sont
restés obscurs, emportant dans la tombe le
secret de leur mission : tant de gloires éclatantes absorbaient alors l'attention des contemporains ! tant de brillants travaux acca-
parent encore aujourd'hui l'examen rétros-
pectif des critiques ! Mais peu à peu la lu-

mière sortira de ce cahos ; et si notre siècle
arrive à se résumer lui-même, il résumera
aussi la vie de son père le dix-huitième siècle,
ce logogryphe immense, cette brillante nébu-
leuse, où tant de lâcheté s'oppose à tant de
grandeur, tant de savoir à tant d'ignorance,
tant de barbarie à tant de civilisation, tant
de lumière à tant d'erreur, tant de sérieux à
tant d'ivresse, tant d'incrédulité à tant de foi,
tant de pédantisme savant à tant de moque-
rie frivole, tant de superstition à tant de
raison orgueilleuse : cette période de cent
ans, qui vit les règnes de madame de
Maintenon et de madame de Pompadour ;
Pierre le Grand, Catherine II, Marie-Thérèse
et la Dubarry ; Voltaire et Swédenborg, Kant
et Mesmer, Jean-Jacques Rousseau et le car-
dinal Dubois, Schrœpfer et Diderot, Fénélon
et Law, Zinzendorf et Leibnitz, Frédéric II
et Robespierre, Louis XIV et Philippe-Égalité ;

Marie-Antoinette et Charlotte Corday, Weis-
haupt, Babeuf et Napoléon..... laboratoire
effrayant, où tant de formes hétérogènes ont
été jetées dans le creuset, qu'elles ont vomi,
dans leur monstrueuse ébulition, un torrent
de fumée où nous marchons encore enveloppés de ténèbres et d'images confuses.

Consuelo pas plus qu'Albert, et des chefs
invisibles pas plus que leurs adeptes, ne portaient un regard bien lucide sur ce siècle, au
sein duquel ils brûlaient de s'élancer avec
l'espoir enthousiaste de le régénérer d'as-
saut. Ils se croyaient à la veille d'une république évangélique, comme les disciples de
Jésus s'étaient crus à la veille du royaume
de Dieu sur la terre, comme les Taborites de
la Bohême s'étaient crus à la veille de l'état
paradisiasque, comme plus tard la Conven-
tion française se crut à la veille d'une propagande victorieuse sur toute la face du globe.

Mais, sans cette confiance insensée, où seraient les grands dévouements, et sans les
grandes folies où seraient les grands résultats? Sans l'utopie du divin rêveur Jésus, où
en serait la notion de la fraternité humaine?
Sans les visions contagieuses de l'extatique
Jeanne-d'Arc, serions nous encore Français?
Sans les nobles chimères du dix-huitième siècle, aurions-nous conquis les premiers éléments de l'égalité? Cette mystérieuse révolution, que les sectes du passé avaient rêvée chacune pour son temps, et que les conspirateurs
mystiques du siècle dernier avaient vaguement prédite cinquante ans d'avance, comme
une ère de rénovation politique et religieuse,
Voltaire et les calmes cerveaux philosophiques de son temps, et Frédéric II lui-même,
le grand réalisateur de la force logique et
froide, n'en prévoyaient ni les brusques orages, ni le soudain avortement. Les plus ar-

dents, comme les plus sages, étaient loin de lire clairement dans l'avenir. Jean-Jacques Rousseau eût renié son œuvre, si la Montagne lui était apparue en rêve, surmontée de la guillotine ; Albert de Rudolstadt serait redevenu subitement le fou léthargique du Schreckenstein, si ces gloires ensanglantées, suivies du despotisme de Napoléon, et la restauration de l'ancien régime, suivie du règne des plus vils intérêts matériels, lui eussent été révélées ; lui qui croyait travailler à renverser, immédiatement et pour toujours, les échafauds et les prisons, les casernes et les couvents, les maisons d'agio et les citadelles !

Ils rêvaient donc, ces nobles enfants, et ils agissaient sur leur rêve de toute la puissance de leur âme. Ils n'étaient ni plus ni moins de leur siècle que les habiles politiques et les sages philosophes leurs contemporains. Ils ne voyaient ni plus ni moins qu'eux la vérité

absolue de l'avenir, cette grande inconnue
que nous revêtons chacun de attributs de notre propre puissance, et qui nous trompe tous,
en même temps qu'elle nous confirme, lorsqu'elle apparaît à nos fils, vêtue des mille cou-
leurs dont chacun de nous a préparé un lam-
beau pour sa toge impériale. Heureusement,
chaque siècle la voit plus majestueuse, parce
que chaque siècle produit plus de travailleurs
pour son triomphe. Quant aux hommes qui
voudraient déchirer sa pourpre et la couvrir
d'un deuil éternel, ils ne peuvent rien contre
elle, ils ne la comprennent pas. Esclaves de
la réalité présente, ils ne savent pas que
l'immortelle n'a point d'âge, et que qui ne la
rêve pas telle qu'elle peut être demain ne la
voit nullement telle qu'elle doit être aujour-
d'hui.

Albert, dans cet instant de joie suprême
où les yeux de Consuelo s'attachaient enfin

sur les siens avec ravissement; Albert, ra-
jeuni de tout le bienfait de la santé, et em-
belli de toute l'ivresse du bonheur, se sentait
investi de cette foi toute-puissante qui trans-
porterait les montagnes, s'il y avait d'autres
montagnes à porter dans ces moments-là que
le fardeau de notre propre raison ébranlée
par l'ivresse. Consuelo était enfin devant lui
comme la Galathée de l'artiste chéri des
dieux, s'éveillant en même temps à l'amour
et à la vie. Muette et recueillie, la physionomie éclairée d'une auréole céleste, elle était
complètement, incontestablement belle pour
la première fois de sa vie, parce qu'elle existait en effet complètement et réellement pour
la première fois. Une sérénité sublime brillait sur son front, et ses grands yeux s'hu-
mectaient de cette volupté de l'âme dont l'i-
vresse des sens n'est qu'un reflet affaibli.
Elle n'était si belle que parce qu'elle ignorait

ce qui se passait dans son cœur et sur son visage. Albert seul existait pour elle, ou plutôt elle n'existait plus qu'en lui, et lui seul lui semblait digne d'un immense respect et d'une admiration sans bornes. C'est qu'Albert aussi était transformé et comme enveloppé d'un rayonnement surnaturel en la contemplant. Elle retrouvait bien dans la profondeur de son regard toute la grandeur solennelle des nobles douleurs qu'il avait subies; mais ces amertumes du passé n'avaient laissé sur ses traits aucune trace de souffrance physique. Il avait sur le front la placidité du martyr ressuscité, qui voit la terre rougie de son sang fuir sous ses pieds, et le ciel des récompenses infinies s'ouvrir sur sa tête. Jamais artiste inspiré ne créa une plus noble figure de héros ou de saint, aux plus beaux jours de l'art antique ou de l'art chrétien.

Tous les invisibles, frappés d'admiration à leur tour, s'arrêtèrent, après s'être formés en cercle autour d'eux, et restèrent quelques instants livrés au noble plaisir de contempler ce beau couple, si pur devant Dieu, si chastement heureux devant les hommes. Puis vingt voix mâles et généreuses chantèrent en chœur, sur un rhythme d'une largeur et d'une simplicité antiques : *O hymen! ô hyménée!* La musique était du Porpora, à qui on avait envoyé les paroles, en lui demandant un chant d'épithalame pour un mariage illustre ; et on l'avait dignement récompensé, sans qu'il sût de quelles mains venait le bienfait. Comme Mozart, à la veille d'expirer, devait trouver un jour sa plus sublime inspiration pour un *Requiem* mystérieusement commandé, le vieux Porpora avait retrouvé tout le génie de sa jeunesse pour écrire un chant d'hyménée, dont le mystère poétique avait

réveillé son imagination. Dès les premières
mesures, Consuelo reconnut le style de son
maître chéri ; et, se détachant avec effort des
regards de son amant, elle se tourna vers les
coryphées pour y chercher son père adoptif;
mais son esprit seul était là. Parmi ceux qui
s'en étaient faits les dignes interprètes, Consuelo reconnut plusieurs amis, Frédéric de
Trenck, le Porporino, le jeune Benda, le
comte Golowkin, Schubart, le chevalier d'Éon,
qu'elle avait connu à Berlin, et dont, ainsi
que toute l'Europe, elle ignorait le sexe véritable ; le comte de Saint-Germain, le chan-
celier Coccei, époux de la Barberini, le li-
braire Nicolaï, Gottlieb, dont la belle voix
dominait toutes les autres, enfin Marcus,
qu'un mouvement de Wanda lui désigna
énergiquement, et qu'un instinct sympathique
lui avait fait reconnaître d'avance pour le
guide qui l'avait présentée, et qui remplissait

auprès d'elle les fonctions de parrain ou de père putatif. Tous les Invisibles avaient ouvert et rejeté sur leurs épaules les longues robes noires, à l'aspect lugubre. Un costume pourpre et blanc, élégant et simple, rehaussé d'une chaîne d'or, qui portait les insignes de l'ordre, donnait à leur groupe un aspect de fête. Leur masque était passé autour de leur poignet, tout prêt à être remis sur le visage, au moindre signal du *veilleur* placé en sentinelle sur le dôme de l'édifice.

L'*orateur*, qui remplissait les fonctions d'intermédiaire entre les chefs invisibles et les adeptes, se démasqua aussi, et vint féliciter les heureux époux. C'était le duc de***, ce riche prince qui avait voué sa fortune, son intelligence et son zèle enthousiaste à l'œuvre des Invisibles. Il était l'hôte de leur réunion, et sa résidence était, depuis longtemps, l'asyle de Wanda et d'Albert, cachés d'ailleurs à tous

les yeux profanes. Cette résidence était aussi le
chef-lieu principal des opérations du tribunal
de l'ordre, quoiqu'il en existât plusieurs autres, et que les réunions un peu nombreuses n'y
fussent qu'annuelles, durant quelques jours
de l'été, à moins de cas extraordinaires. Initié à tous les secrets des chefs, le duc agissait
pour eux et avec eux ; mais il ne trahissait
point leur incognito, et, assumant sur lui
seul tous les dangers de l'entreprise, il était
leur interprète et leur moyen visible de contact avec les membres de l'association.

Quand les nouveaux époux eurent échangé
de douces démonstrations de joie et d'affection avec leurs frères, chacun reprit sa place
et le duc, redevenu le frère orateur, parla
ainsi au couple couronné de fleurs et agenouillé devant l'autel :

« Enfants très chers et très aimés, au nom
du vrai Dieu toute puissance, tout amour et

toute intelligence ; et, après lui, au nom des
trois vertus qui sont un reflet de la Divinité
dans l'âme humaine : activité, charité et justice, qui se traduisent, dans l'application, par
notre formule : *liberté, fraternité, égalité* ;
enfin, au nom du tribunal des Invisibles qui
s'est voué au triple devoir du zèle, de la foi et
de l'étude, c'est-à-dire à la triple recherche
des vérités politiques, morales et divines :
Albert Podiebrad, Consuelo Porporina, je
prononce la ratification et la confirmation
du mariage que vous avez déjà contracté devant Dieu et devant vos parents, et même
devant un prêtre de la religion chrétienne,
au château des Géants, le *** de l'année 175*.
Ce mariage, valide devant les hommes, n'é-
tait pas valide devant Dieu. Il y manquait
trois choses : 1° le dévouement absolu de
l'épouse à vivre avec un époux qui paraissait toucher à son heure dernière ;

2° la sanction d'une autorité morale et religieuse reconnue et acceptée par l'époux ; 3° le consentement d'une personne ici présente, dont il ne m'est pas permis de prononcer le nom, mais qui tient de près à l'un des époux par les liens du sang. Si maintenant ces trois conditions sont remplies, et qu'aucun de vous n'ait rien à réclamer et à objecter..., unissez vos mains et levez-vous pour prendre le ciel à témoin de la liberté de votre acte et de la sainteté de votre amour. »

Wanda qui continuait à demeurer inconnue aux frères de l'ordre, prit les mains de ses deux enfants. Un même élan de tendresse et d'enthousiasme les fit lever tous les trois, comme s'ils n'eussent fait qu'un.

Les formules du mariage furent prononcées, et les rites simples et touchants du nouveau culte s'accomplirent dans le recueille-

ment et la ferveur. Cet engagement d'un
mutuel amour ne fut pas un acte isolé au
milieu de spectateurs indifférents, étrangers
au lien moral qui se contractait. Ils furent
tous appelés à sanctionner cette consécra-
tion religieuse de deux êtres liés à eux par
une foi commune. Ils étendirent les bras sur
les époux pour les bénir, puis ils se prirent
tous ensemble par les mains et formèrent
une enceinte vivante, une chaîne d'amour
fraternel et d'association religieuse autour
d'eux, en prononçant le serment de les assister, de les protéger, de défendre leur honneur et leurs jours, de soutenir leur existence
au besoin, de les ramener au bien par tous
leurs efforts s'ils venaient à faiblir dans la
rude carrière de la vertu, de les préserver
autant que possible de la persécution et des
séductions du dehors, dans toutes les occa-
sions, dans toutes les rencontres ; enfin de les

aimer aussi saintement, aussi cordialement,
aussi sérieusement que s'ils étaient unis à
eux par le nom et par le sang. Le beau Trenck
prononça cette formule pour tous les autres
dans des termes éloquents et simples ; puis il
ajouta, en s'adressant à l'époux : « Albert,
l'usage profane et criminel de la vieille société, dont nous nous séparons en secret
pour l'amener à nous un jour, veut que le
mari impose la fidélité à sa femme au nom
d'une autorité humiliante et despotique. Si
elle succombe, il faut qu'il tue son rival ; il
a même le droit de tuer son épouse : cela s'appelle laver dans le sang la tache faite à l'honneur. Aussi, dans ce vieux monde aveugle et
corrompu, tout homme est l'ennemi naturel
de ce bonheur et de cet honneur si sauvage-
ment gardés. L'ami, le frère même, s'arroge
le droit de ravir à l'ami et au frère l'amour
de sa compagne ; ou tout au moins on se

donne le cruel et lâche plaisir d'exciter sa jalousie, de rendre sa surveillance ridicule, et de semer la méfiance et le trouble entre lui et l'objet de son amour. Ici, tu le sais, nous entendons mieux l'amitié, l'honneur et l'orgueil de la famille. Nous sommes frères devant Dieu, et celui de nous qui porterait sur la femme de son frère un regard audacieux et déloyal aurait déjà commis, à nos yeux, le crime d'inceste dans son cœur. »

Tous les frères, émus et entraînés, tirèrent leurs épées, et jurèrent de tourner cette arme contre eux-mêmes plutôt que de manquer au serment qu'ils venaient de prononcer par la bouche de Trenck.

Mais la sibylle, agitée d'un de ces transports enthousiastes qui lui donnaient tant d'ascendant sur leurs imaginations, et qui modifiaient souvent l'opinion et les décisions des chefs eux-mêmes, rompit le cercle en

s'élançant au milieu. Son langage, toujours
énergique et brûlant, subjuguait leurs assemblées ; sa grande taille, ses draperies flottan-
tes sur son corps amaigri, son port majes-
tueux, quoique chancelant, le tremblement
convulsif de cette tête toujours voilée, et avec
cela pourtant une sorte de grâce qui révélait
l'existence passée de la beauté, ce charme si
puissant chez la femme, qu'il subsiste encore
après qu'il a disparu, et qu'il émeut encore
l'âme alors qu'il ne peut plus émouvoir les
sens ; enfin, jusqu'à sa voix éteinte qui prenait tout à coup, sous l'empire de l'exaltation,
un éclat strident et bizarre, tout contribuait
à en faire un être mystérieux, presque effrayant au premier abord, et bientôt investi
d'une puissance persuasive et d'un irrésisti-
ble prestige.

Tous firent silence pour écouter la voix de
l'inspirée. Consuelo fut émue de son attitude

autant qu'eux, et plus qu'eux peut-être, parce qu'elle connaissait le secret de sa vie étrange. Elle se demanda, en frissonnant d'une terreur involontaire, si ce spectre échappé de la tombe appartenait réellement au monde, et si, après avoir exhalé son oracle, il n'allait pas s'évanouir dans les airs avec cette flamme du trépied qui le faisait paraître transparent et bleuâtre.

« Cachez-moi l'éclat de ces armes! s'écria la frémissante Wanda. Ce sont des serments impies, ceux qui prennent pour objet de leurs invocations des instruments de haine et de meurtre. Je sais bien que l'usage du vieux monde a attaché ce fer au flanc de tout homme réputé libre, comme une marque d'indépendance et de fierté ; je sais bien que, dans les idées que vous avez conservées malgré vous de cet ancien monde, l'épée est le symbole de l'honneur, et que vous croyez prendre des enga-

gements sacrés quand vous avez juré par le
fer comme les citoyens de la Rome primitive.
Mais ici, c'est profaner un serment auguste.
Jurez plutôt par la flamme de ce trépied : la
flamme est le symbole de la vie, de la lumière et de l'amour divin. Mais vous faut-il donc
encore des emblèmes et des signes visibles?
Êtes-vous encore idolâtres, et les figures qui
ornent ce temple représentent-elles pour
vous autre chose que des idées? Ah ! jurez
plutôt par vos propres sentiments, par vos
meilleurs instincts, par votre propre cœur;
et si vous n'osez pas jurer par le Dieu vivant,
par la vraie religion éternelle et sacrée, jurez par la sainte Humanité, par les glorieux
élans de votre courage, par la chasteté de
cette jeune femme et par l'amour de son
époux. Jurez par le génie et par la beauté de
Consuelo, que votre désir et même votre pensée ne profaneront jamais cette arche sainte

de l'hyménée, cet autel invisible et mystique
sur lequel la main des anges grave et enré-
gistre le serment de l'amour.....

« Savez-vous bien ce que c'est que l'amour ?
ajouta la sibylle après s'être recueillie un instant, et d'une voix qui devenait à chaque
instant plus claire et plus pénétrante ; si vous
le saviez, ô vous ! chefs vénérables de notre
ordre et ministres de notre culte, vous ne fe-
riez jamais prononcer devant vous cette formule d'un engagement éternel que Dieu seul
peut ratifier, et qui, consacré par des hommes, est une sorte de profanation du plus
divin de tous les mystères. Quelle force pouvez-vous donner à un engagement qui, par
lui-même, est un miracle ? Oui, l'abandon de
deux volontés qui se confondent en une seule
est un miracle ; car toute âme est éternellement libre en vertu d'un droit divin. Et pourtant, lorsque deux âmes se donnent et s'en-

chaînent l'une à l'autre par l'amour, leur mutuelle possession devient aussi sacrée, aussi
de droit divin que la liberté individuelle.
Vous voyez bien qu'il y a là un miracle, et
que Dieu s'en réserve à jamais le mystère,
comme celui de la vie et de la mort. Vous allez demander à cet homme et à cette femme
s'ils veulent s'appartenir exclusivement l'un
à l'autre dans cette vie ; et leur ferveur est
telle qu'ils vous répondront : « Non pas seulement dans cette vie, mais dans l'éternité. »
Dieu leur inspire donc, par le miracle de l'a-
mour, bien plus de foi, bien plus de force,
bien plus de vertu que vous ne sauriez et que
vous n'oseriez leur en demander. Arrière donc
les serments sacriléges et les lois grossières !
Laissez-leur l'idéal, et ne les attachez pas à la
réalité par les chaînes de la loi. Laissez à
Dieu le soin de continuer le miracle. Préparez
les âmes à ce que ce miracle s'accomplisse en

elles, formez-les à l'idéal de l'amour; exhor-
tez, instruisez, vantez et démontrez la gloire
de la fidélité, sans laquelle il n'est point de
force morale ni d'amour sublime. Mais n'in-
tervenez pas, comme des prêtres catholiques,
comme des magistrats du vieux monde, dans
l'exécution du serment. Car, je vous le dis
encore une fois, les hommes ne peuvent pas
se porter garants ni se constituer gardiens
de la perpétuité d'un miracle. Que savez-vous
des secrets de l'Eternel ! Sommes-nous déjà
entrés dans ce temple de l'avenir, dans ce
monde céleste où l'homme doit, nous dit-on,
converser avec Dieu sous les ombrages sacrés,
comme un ami avec son ami ! La loi du mariage indissoluble est-elle donc émanée de la
bouche du Seigneur? Ses desseins, à cet égard,
sont-ils proclamés sur la terre ? Et vous-mêmes, ô enfants des hommes, l'avez-vous pro-
mulguée, cette loi, d'un accord unanime? Les

pontifes de Rome n'ont-ils jamais brisé l'union conjugale, eux qui se prétendent infaillibles? Sous prétexte de nullité dans de certains engagements, ces pontifes ont consacré de véritables divorces, dont l'histoire a consigné le scandale dans ses fastes. Et des sociétés chrétiennes, des sectes réformées, l'Eglise grecque, ont, à l'exemple du Mosaïsme et de toutes les anciennes religions, inauguré franchement dans notre monde moderne la loi du divocce. Que devient donc la sainteté et l'efficacité d'un serment fait à Dieu, quand il est avéré que les hommes pourront nous en délier un jour? Ah! ne touchez pas à l'amour par la profanation du mariage: vous ne réussiriez qu'à l'éteindre dans les cœurs purs! Consacrez l'union conjugale par des exhortations, par des prières, par une publicité qui la rende respectable, par de touchantes cérémonies ; vous le devez, si vous

êtes nos prêtres, c'est-à-dire nos amis, nos
guides, nos conseils, nos consolateurs, nos
lumières. Préparez les âmes à la sainteté d'un
sacrement ; et comme le père de famille cherche à établir ses enfants dans des conditions de bien-être, de dignité et de sécurité,
occupez-vous assidûment, vous, nos pères
spirituels, d'établir vos fils et vos filles dans
des conditions favorables au développement
de l'amour vrai, de la vertu, de la fidélité
sublime. Et quand vous leur aurez fait subir
des épreuves religieuses, au moyen desquelles vous pourrez reconnaître qu'il n'y a dans
leur mutuelle recherche ni cupidité, ni vanité, ni enivrement frivole, ni aveuglement
des sens dépourvu d'idéal ; quand vous aurez
pu vous convaincre qu'ils comprennent la
grandeur de leur sentiment, la sainteté de
leurs devoirs et la liberté de leur choix, alors
permettez-leur de se donner l'un à l'autre,

et de s'aliéner mutuellement leur inaliénable
liberté. Que leur famille, et leurs amis, et la
grande famille des fidèles, interviennent pour
ratifier avec vous cette union que la solennité
du sacrement doit rendre respectable. Mais
faites bien attention à mes paroles : que le
sacrement soit une permission religieuse,
une autorisation paternelle et sociale, un en-
couragement et une exhortation à la perpétuité de l'engagement; que ce ne soit jamais
un commandement, une obligation, une loi
avec des menaces et des châtiments, un esclavage imposé, avec du scandale, des prisons, et des chaînes en cas d'infraction. Autrement vous ne verrez jamais s'accomplir sur
la terre le miracle dans son entier et dans sa
durée. La providence éternellement féconde,
Dieu, dispensateur infatigable de la grâce,
amènera toujours devant vous de jeunes cou-
ples fervents et naïfs, prêts à s'engager de

bonne foi pour le temps et pour l'éternité.
Mais votre loi anti-religieuse, et votre sacrement anti-humain, détruiront toujours en
eux l'effet de la grâce. L'inégalité des droits
conjugaux selon le sexe, impiété consacrée
par les lois sociales, la différence des devoirs
devant l'opinion, les fausses distinctions de
l'honneur conjugal, et toutes les notions ab-
surdes que le préjugé crée à la suite des mauvaises institutions, viendront toujours éteindre la foi et glacer l'enthousiasme des époux;
et les plus sincères, les mieux disposés à la
fidélité seront les plus prompts à se contris-
ter, à s'effrayer de la durée de l'engagement,
et à se désenchanter l'un de l'autre. L'abju-
ration de la liberté individuelle est en effet
contraire au vœu de la nature et au cri de la
conscience quand les hommes s'en mêlent,
parce qu'ils y apportent le joug de l'ignorance
et de la brutalité : elle est conforme au vœu

des nobles cœurs, et nécessaire aux instincts
religieux des fortes volontés, quand c'est
Dieu qui nous donne les moyens de lutter
contre toutes les embûches que les hommes
ont tendues autour du mariage pour en faire
le tombeau de l'amour, du bonheur et de la
vertu, pour en faire *une prostitution jurée*
comme disaient nos pères, les Lolhards, que
vous connaissez bien et que vous invoquez
souvent ! Rendez donc à Dieu ce qui est de
Dieu, et ôtez à César ce qui n'est point à
César.

« Et vous, mes fils, dit-elle en revenant
vers le centre du groupe, vous qui venez de
jurer de ne point porter atteinte au lien conjugal, vous avez fait là un serment dont vous
n'avez peut-être pas compris l'importance.
Vous avez obéi à un élan généreux, et vous
avez répondu d'enthousiasme à l'appel de
l'honneur : cela est digne de vous, disciples

d'une foi victorieuse. Mais maintenant, sachez bien que vous avez fait là plus qu'un acte de vertu particulière. Vous avez consacré un principe sans lequel il n'y aura jamais de chasteté ni de fidélité conjugales possibles. Entrez donc dans l'esprit d'un tel serment, et reconnaissez qu'il n'y aura point de véritable vertu individuelle, tant que les membres de la société ne seront pas tous solidaires les uns des autres en fait de vertu.

«O amour, ô flamme sublime! si puissante et si fragile, si soudaine et si fugitive! éclair du ciel qui sembles devoir traverser notre vie et t'éteindre en nous avant sa fin, dans la crainte de nous consumer et de nous anéantir! nous sentons bien tous que tu es le feu vivifiant émané de Dieu même, et que celui de nous qui pourrait te fixer dans son sein et t'y entretenir jusqu'à sa dernière heure toujours aussi ardent et aussi complet, celui-là

serait le plus heureux et le plus grand parmi
les hommes. Aussi les disciples de l'idéal
chercheront-ils toujours à te préparer dans
leurs âmes des sanctuaires où tu te plaises,
afin que tu ne te hâtes pas de les abandonner pour remonter au ciel. Mais hélas! toi
dont nous avons fait une vertu, une des ba-
ses de nos sociétés humaines pour t'honorer
comme nous le désirions, tu n'as pourtant
pas voulu te laisser enchaîner au gré de nos
institutions, et tu es resté libre comme l'oi-
seau dans les airs, capricieux comme la
flamme sur l'autel. Tu sembles te rire de nos
serments, de nos contrats et de notre volonté
même. Tu nous fuis, en dépit de tout ce que
nous avons inventé pour t'immobiliser dans
nos mœurs. Tu n'habites pas plus le harem
gardé par de vigilantes sentinelles, que la
famille chrétienne placée entre la menace du
prêtre, la sentence du magistrat, et le joug

de l'opinion. D'où vient donc ton inconstance et ton ingratitude, ô mystérieux prestige, ô amour cruellement symbolisé sous les traits d'un Dieu enfant et aveugle ? Quelle tendresse et quel mépris t'inspirent donc tour à tour ces âmes humaines que tu viens toutes embraser de tes feux, et que tu délaisses presque toutes, pour les laisser périr dans les angoisses du regret, du repentir, ou du dégoût plus affreux encore ? D'où vient qu'on t'invoque à genoux sur toute la face de notre globe, qu'on t'exalte et qu'on te déifie, que les poëtes divins te chantent comme l'âme du monde, que les peuples barbares te sacrifient des victimes humaines en précipitant les veuves dans le bûcher des funérailles de l'époux, que les jeunes cœurs t'appellent dans leurs plus doux songes, et que les vieillards maudissent la vie quand tu les abandonnes à l'horreur de la solitude ? D'où vient ce culte tantôt su-

blime, tantôt fanatique, que l'on te décerne
depuis l'enfance dorée de l'Humanité jusqu'à
notre âge de fer, si tu n'es qu'une chimère,
le rêve d'un moment d'ivresse, l'erreur de
l'imagination exaltée par le délire des sens?
— Oh ! c'est que tu n'es pas un instinct vulgaire, un simple besoin de l'animalité ! Non,
tu n'es pas l'aveugle enfant du Paganisme ; tu
es le fils du vrai Dieu et l'élément même de la
Divinité ! Mais tu ne t'es encore révélé à nous
qu'à travers les nuages de nos erreurs, et tu
n'as pas voulu établir ta demeure parmi nous,
parce que tu n'as pas voulu être profané. Tu
reviendras, comme aux temps fabuleux d'As-
trée, comme dans les visions des poëtes, te
fixer dans notre paradis terrestre, quand
nous aurons mérité par des vertus sublimes
la présence d'un hôte tel que toi. Oh ! qu'a-
lors le séjour de cette terre sera doux aux
hommes et qu'il fera bon d'y être né ! quand

nous serons tous frères et sœurs, quand les
unions seront librement consenties et librement maintenues par la seule force qu'on
puise en toi ; quand, au lieu de cette lutte
effroyable, impossible, que la fidélité conjugale est obligée de soutenir contre les tentatives impies de la débauche, de la séduction
hypocrite, de la violence effrénée, de la per-
fide amitié et de la dépravation savante,
chaque époux ne trouvera autour de lui que
de chastes sœurs, jalouses et délicates gar-
diennes de la félicité d'une sœur qu'elles lui
auront donnée pour compagne, tandis que
chaque épouse trouvera dans les autres
hommes autant de frères de son époux, heureux et fiers de son bonheur, protecteurs nés
de son repos et de sa dignité! Alors la femme
fidèle ne sera plus la fleur solitaire qui se cache pour garder le fragile trésor de son honneur, la victime souvent délaissée qui se

consume dans la retraite et dans les larmes,
impuissante à faire revivre dans le cœur de
son bien-aimé la flamme qu'elle a conservée
pure dans le sien. Alors le frère ne sera plus
forcé de venger sa sœur, et de tuer celui
qu'elle aime et qu'elle regrette, pour lui rendre un semblant de faux honneur ; alors la
mère ne tremblera plus pour sa fille, alors la
fille ne rougira plus de sa mère ; alors surtout
l'époux ne sera plus ni soupçonneux ni des-
pote ; l'épouse abjurera, de son côté, l'amertume de la victime ou la rancune de l'esclave.
D'atroces souffrances, d'abominables injusti-
ces ne flétriront plus le riant et calme sanctuaire de la famille. L'amour pourra durer ;
et qui sait alors ! peut-être un jour le prêtre
et le magistrat, comptant avec raison sur le
miracle permanent de l'amour, pourra-t-il
consacrer au nom de Dieu même des unions
indissolubles, avec autant de sagesse et de

justice qu'il y porte aujourd'hui, à son insu, d'impiété et de folie.

« Mais ces jours de récompense ne sont pas encore venus. Ici, dans ce mystérieux temple où nous voici réunis, suivant le mot de l'Évangile, trois ou quatre au nom du Seigneur, nous ne pouvons que rêver et essayer la vertu entre nous. Ce monde extérieur qui nous condamnerait à l'exil, à la captivité ou à la mort, s'il pénétrait nos secrets, nous ne pouvons pas l'invoquer comme sanction de nos promesses et comme garant de nos institutions. N'imitons donc pas son ignorance et sa tyrannie. Consacrons l'amour conjugal de ces deux enfants, qui viennent nous demander la bénédiction de l'amour paternel et de l'amour fraternel, au nom du Dieu vivant, dispensateur de tous les amours. Autorisez-les à se promettre une éternelle fidélité ; mais n'inscrivez pas leurs

serments sur un livre de mort, pour le leur
rappeler ensuite par la terreur et la contrainte. Laissez Dieu en être le gardien ; c'est à
eux de l'invoquer tous les jours de leur vie ,
pour qu'il entretienne en eux le feu sacré
qu'il y a fait descendre. »

— « C'est là où je t'attendais, ô sibylle
inspirée ! s'écria Albert en recevant dans ses
bras sa mère, épuisée d'avoir parlé si longtemps avec l'énergie de la conviction. J'attendais l'aveu de ce droit que tu m'accordes
de tout promettre à celle que j'aime. Tu re-
connais que c'est mon droit le plus cher et le
plus sacré. Je lui promets donc, je lui jure de
l'aimer uniquement et fidèlement toute ma
vie, et j'en prends Dieu à témoin. Dis-moi, ô
prophétesse de l'amour, que ce n'est pas là
un blasphème.

— Tu es sous la puissance du miracle,
répondit Wanda. Dieu bénit ton serment ,

puisque c'est lui qui t'inspire la foi de le prononcer. *Toujours* est le mot le plus passionné qui vienne aux lèvres des amants, dans l'extase de leurs plus divines joies. C'est un oracle qui s'échappe alors de leur sein. L'éternité est l'idéal de l'amour, comme c'est l'idéal de la foi. Jamais l'âme humaine n'arrive mieux au comble de sa puissance et de sa lucidité que dans l'enthousiasme d'un grand amour. Le *toujours* des amants est donc une révélation intérieure, une manifestation divine, qui doit jeter sa clarté souveraine et sa chaleur bienfaisante sur tous les instants de leur union. Malheur à quiconque profane cette formule sacrée ! Il tombe de l'état de grâce dans l'état du péché : il éteint la foi, la lumière, la force et la vie dans son cœur.

— Et moi, dit Consuelo, je reçois ton serment, ô Albert ! et je t'adjure d'accepter le

mien. Je me sens , moi aussi , sous la puissance du miracle, et ce *toujours* de notre
courte vie ne me semble rien au prix de l'é-
ternité, pour laquelle je veux me promettre
à toi.

— Sublime téméraire ! dit Wanda avec un
sourire d'enthousiasme qui sembla rayon-
ner à travers son voile, demande à Dieu l'é-
ternité avec celui que tu aimes, en récompense de ta fidélité envers lui dans cette courte vie.

— Oh ! oui ! s'écria Albert en élevant vers
le ciel la main de sa femme enlacée dans la
sienne; c'est là le but, l'espoir et la récompense!
S'aimer grandement et ardemment dans cette
phase de l'existence, pour obtenir de se retrouver et de s'unir encore dans les autres !
Oh! je sens bien moi, que ceci n'est pas le premier jour de notre union , que nous nous
sommes déjà aimés, déjà possédés dans la
vie antérieure. Tant de bonheur n'est pas un

accident du hasard. C'est la main de Dieu qui
nous rapproche et nous réunit comme les
deux moitiés d'un seul être inséparable dans
l'éternité.

Après la célébration du mariage, et bien
que la nuit fut fort avancée, on procéda aux
cérémonies de l'initiation définitive de Consuelo à l'ordre des Invisibles ; et, ensuite, les
membres du tribunal ayant disparu, on se répandit sous les ombrages du bois sacré, pour
revenir bientôt s'asseoir autour du banquet de
communion fraternelle. Le prince *(frère ora-*
teur) le présida, et se chargea d'en expliquer
à Consuelo les symboles profonds et touchants.
Ce repas fut servi par de fidèles domestiques
affiliés à un certain grade de l'ordre. Karl
présenta Matteus à Consuelo, et elle vit enfin
à découvert son honnête et douce figure ;
mais elle remarqua avec admiration que ces
estimables valets n'étaient point traités en

inférieurs par leurs frères des autres grades. Aucune distinction ne régnait entre eux
et les personnages éminents de l'ordre, quel
que fût leur rang dans le monde. Les *frères
servants*, comme on les appelait, remplis-
saient de bon gré et avec plaisir les fonctions
d'échansons et de maîtres d'hôtel ; ils va-
quaient à l'ordonnance de service, comme ai-
des compétents dans l'art de préparer un festin, qu'ils considéraient d'ailleurs comme une
cérémonie religieuse, comme une pâque eu-
charistique. Ils n'étaient donc pas plus abais-
sés par cette fonction que les lévites d'un
temple présidant aux détails des sacrifices.
Chaque fois qu'ils avaient garni la table, ils
venaient s'y asseoir eux mêmes, non à des
places marquées à part et isolées des autres,
mais dans des intervalles réservés pour eux
parmi les convives. C'était à qui les appelle-
rait, et se ferait un plaisir et un devoir de

remplir leur coupe et leur assiette. Comme
dans les banquets maçonniques, on ne portait jamais la coupe aux lèvres sans invoquer
quelque noble idée, quelque généreux sentiment ou quelque auguste patronage. Mais les
bruits cadencés, les gestes puérils des franc-
maçons, le maillet, l'argot des toasts, et le vo-
cabulaire des ustensiles, étaient exclus de ce
festin à la fois expansif et grave. Les frères servants y gardaient un maintien respectueux
sans bassesse et modeste sans contrainte. Karl
fut assis pendant un service entre Albert et
Consuelo. Cette dernière remarqua avec attendrissement, outre sa sobriété et sa bonne
tenue, un progrès extraordinaire dans l'intelligence de ce brave paysan, éducable par
le cœur, et initié à de saines notions religieuses et morales par une rapide et admirable éducation de sentiment. « O mon ami! dit-
elle à son époux, lorsque le déserteur eut

changé de place et qu'Albert se rapprocha
d'elle, voilà donc l'esclave battu de la milice
prussienne, le bûcheron sauvage du Boeh-
merwald, l'assassin de Frédéric le Grand!
Des leçons éclairées et charitables ont su, en
si peu de jours, en faire un homme sensé,
pieux et juste, au lieu d'un bandit que la
justice féroce des nations eût poussé au
meurtre, et corrigé à l'aide du fouet et de la
potence.

— Noble sœur, dit le prince, placé en cet
instant à la droite de Consuelo, vous aviez
donné à Roswald de grandes leçons de religion et de clémence à ce cœur égaré par le
désespoir, mais doué des plus nobles instincts.
Son éducation a été ensuite rapide et facile,
et quand nous avions quelque chose de bon
à lui enseigner, il s'y confiait d'emblée en
s'écriant : «C'est ce que me disait la *signora*!»
Soyez certaine qu'il serait plus aisé qu'on

ne le pense d'éclairer et de moraliser les
hommes les plus rudes, si on le voulait bien.
Relever leur condition, et leur inoculer l'estime d'eux-mêmes, en commençant par les
estimer et les aimer, ne demande qu'une
charité sincère et le respect de la dignité humaine. Vous voyez cependant que ces braves gens ne sont encore initiés qu'à des grades inférieurs : c'est que nous consultons la
portée de leur intelligence et leurs progrès
dans la vertu pour les admettre plus ou moins
dans nos mystères. Le vieux Matteus a deux
grades de plus que Karl; et s'il ne dépasse
pas celui qu'il occupe maintenant, ce sera
parce que son esprit et son cœur n'auront
pas pu aller plus loin. Aucune bassesse d'ex-
traction, aucune humilité de condition sociale ne nous arrêteront jamais ; et vous
voyez ici Gottlieb le cordonnier, le fils du geôlier de Spandau, admis à un grade égal au

vôtre, bien que dans ma maison il remplisse,
par goût et par habitude, des fonctions subal-
ternes. Sa vive imagination, son ardeur pour
l'étude, son enthousiasme pour la vertu, en
un mot la beauté incomparable de l'âme qui
habite ce vilain corps, l'ont rendu bien vite
digne d'être traité comme un égal et comme
un frère dans l'intérieur du temple. Il n'y
avait presque rien à donner en fait d'idées
et de vertus à ce noble enfant. Il avait trop
au contraire ; il fallait calmer en lui un excès d'exaltation, et le traiter des maladies
morales et physiques qui l'eussent conduit
à la folie. L'immoralité de son entourage et la
perversité du monde officiel l'eussent irrité
sans le corrompre ; mais nous seuls, armés
de l'esprit de Jacques Bœhm et de la véritable explication de ses profonds symboles, nous
pouvions le convaincre sans le désenchanter, et
redresser les écarts de sa poésie mystique

sans refroidir son zèle et sa foi. Vous devez remarquer que la cure de cette âme a réagi sur le corps, que sa santé est revenue comme par enchantement, et que sa bizarre figure est déjà transformée. »

Après le repas, on reprit les manteaux, et on se promena sur le revers adouci de la colline qu'ombrageait le bois sacré. Les ruines du vieux château réservé aux épreuves dominaient ce beau site, dont Consuelo reconnut peu à peu les sentiers, parcourus à la hâte durant une nuit d'orage peu de temps auparavant. La source abondante qui s'échappait d'une grotte rustiquement taillée dans le roc, et consacrée jadis à une dévotion superstitieuse, courait, en murmurant, parmi les bruyères, vers le fond du vallon, où elle formait le beau ruisseau que la captive du pavillon connaissait si bien. Des allées, naturellement couvertes d'un sable fin, ar-

genté par la lune, se croisaient sous ces
beaux embrages, où les groupes errants se
rencontraient, se mêlaient, et échangeaient
de doux entretiens. De hautes barrières à
claire-voie fermaient cet enclos, dont le kiosque vaste et riche passait pour un cabinet
d'étude, retraite favorite du prince, et inter-
dite aux oisifs et aux indiscrets. Les frères
servants se promenaient aussi, par groupes,
mais en suivant les barrières, et en faisant
le guet pour avertir les *frères*, en cas d'approche d'un profane. Ce danger n'était pas
très à redouter. Le duc paraissait s'occuper seulement des mystères maçonniques;
comme en effet, il s'en occupait secondaire-
ment; mais la franc-maçonnerie était tolé-
rée dès-lors par les lois et protégée par les
princes qui y étaient ou qui s'y croyaient
initiés. Personne ne soupçonnait l'importance des grades supérieurs, qui, de degré

en degré, aboutissaient au tribunal des Invisibles.

D'ailleurs, en ce moment, la fête osten-
sible qui illuminait au loin la façade du palais ducal absorbait trop les nombreux hôtes
du prince, pour qu'on songeât à quitter les
brillantes salles et les nouveaux jardins pour
les rochers et les ruines du vieux parc. La
jeune margrave de Bareith, amie intime du
duc, faisait pour lui les honneurs de la fête.
Il avait feint une indisposition pour disparaître; et aussitôt après le banquet des Invisibles, il alla présider le souper de ses illustres
hôtes du palais. En voyant briller bien loin
des lumières, Consuelo, appuyée sur le bras
d'Albert, se ressouvint d'Anzoleto, et s'accusa
naïvement, devant son époux qui le lui reprochait, d'un instant de cruauté et d'ironie
envers le compagnon chéri de son enfance.
« Oui, c'était un mouvement coupable, lui

dit-elle ; mais j'étais bien malheureuse dans
ce moment-là. J'étais résolue à me sacrifier au comte Albert, et les malicieux et cruels
Invisibles me jetaient encore une fois dans
les bras du dangereux Liverani. J'avais la
mort dans l'âme. Je retrouvais avec délices
celui dont il fallait se séparer avec désespoir, et Marcus voulait me distraire de ma
souffrance en me faisant admirer le bel Anzoleto ! Ah ! je n'aurais jamais cru le revoir
avec tant d'indifférence ! Mais je m'imagi-
nais être condamnée à l'épreuve de chanter
avec lui, et j'étais prête à le haïr de m'enlever ainsi mon dernier instant, mon dernier
rêve de bonheur. A présent, ô mon ami, je
pourrai le revoir sans amertume, et le traiter avec indulgence. Le bonheur rend si bon
et si clément ! Puissé-je lui être utile un jour,
et lui inspirer l'amour sérieux de l'art, sinon
le goût de la vertu !

— Pourquoi en désespérer ? dit Albert. Attendons-le dans un jour de malheur et d'abandon. Maintenant au milieu de ses triomphes, il serait sourd aux conseils de la sagesse. Mais qu'il perde sa voix et sa beauté, nous nous emparerons peut-être de son âme.

— Chargez-vous de cette conversion, Albert.

— Non pas sans vous, ma Consuelo.

— Vous ne craignez donc pas les souvenirs du passé ?

— Non ; je suis présomptueux au point de ne rien craindre. Je suis sous la puissance du miracle.

— Et moi aussi, Albert, je ne saurais douter de moi-même ! Oh ! vous avez bien raison d'être tranquille ! »

Le jour commençait à poindre, et l'air pur

du matin faisait monter mille senteurs exquises. On était dans les plus beaux jours de
l'été. Les rossignols chantaient sous la feuil-
lée, et se répondaient d'une colline à l'autre.
Les groupes qui se formaient à chaque instant
autour des deux époux, loin de leur être
importuns, ajoutaient à leur pure ivresse les
douceurs d'une amitié fraternelle, ou tout au
moins des plus exquises sympathies. Tous les
Invisibles présents à cette fête furent pré-
sentés à Consuelo, comme les membres de
sa nouvelle famille. C'était l'élite des talents,
des intelligences et des vertus de l'ordre :
les uns illustres dans le monde du dehors,
d'autres obscurs dans ce monde-là, mais illustres dans le temple par leurs travaux et
leurs lumières. Plébéiens et praticiens étaient
mêlés dans une tendre intimité. Consuelo dut
apprendre leurs véritables noms et ceux

plus poétiques qu'ils portaient dans le secret
de leurs relations fraternelles : c'étaient
Vesper, Ellops, Péon, Hylas, Euryale, Belléro-
rophon, etc. Jamais elle ne s'était vue entou-
rée d'un choix aussi nombreux d'âmes nobles et de caractères intéressants. Les récits
qu'ils lui faisaient de leurs travaux de prosé-
lytisme, des dangers qu'ils avaient affrontés
et des résultats obtenus, la charmaient comme
autant de poëmes dont elle n'aurait pas cru
la réalité conciliable avec le train du monde
insolent et corrompu qu'elle avait traversé.
Ces témoignages d'amitié et d'estime qui allaient jusqu'à l'attendrissement et à l'effusion, et qui n'étaient pas entachés de la
moindre banalité de galanterie, ni de la
moindre insinuation de familiarité dangereuse, ce langage élevé, ce charme de relations ou l'égalité et la fraternité étaient

réalisées dans ce quelles peuvent avoir de
plus sublime ; cette belle aube dorée qui se
levait sur la vie en même temps que dans le
ciel, tout cela fut comme un rêve divin dans
l'existence de Consuelo et d'Albert. Enlacés
au bras l'un de l'autre, ils ne songeaient pas
à s'éloigner de leurs frères chéris. Une ivresse
morale, douce et suave comme l'air du matin, remplissait leur poitrine et leur âme.
L'amour dilatait trop leur sein pour le faire
tressaillir. Trenck racontait les souffrances
de sa captivité à Glatz, et les dangers de sa
fuite. Comme Consuelo et Haydn dans le
Bœhmerwald, il avait voyagé à travers la
Pologne, mais par un froid rigoureux, couvert de haillons, avec un compagnon blessé,
l'*aimable Shelles*, que ses mémoires nous ont
peint depuis comme le plus gracieux des amis.
Il avait joué du violon pour avoir du pain, et

servi de ménétrier aux paysans, comme Consuelo sur les rives du Danube. Puis il lui parlait tout bas de la princesse Amélie, de son amour et de ses espérances. Pauvre jeune Trenck! l'épouvantable orage qui s'amassait sur sa tête, il ne le prévoyait pas plus que l'heureux couple, destiné à passer de ce beau songe d'une nuit d'été à une vie de combats, de déceptions et de souffrances!

Le Porporino chanta sous les cyprès un hymne admirable composé par Albert, à la mémoire des martyrs de leur cause; le jeune Benda l'accompagna sur son violon; Albert lui-même prit l'instrument, et ravit les auditeurs avec quelques notes. Consuelo ne put chanter, elle pleurait de joie et d'enthousiasme. Le comte de Saint-Germain raconta les entretiens de Jean Huss et de Jérôme de

Prague avec tant de chaleur, d'éloquence et
de vraisemblance, qu'en l'écoutant il était
impossible de ne pas croire qu'il y eût as-
sisté. Dans de telles heures d'émotion et de
ravissement, la triste raison ne se défend
pas des prestiges de la poésie. Le chevalier
d'Éon peignit, en traits d'une finesse acérée
et d'un goût enchanteur, les misères et les
ridicules des plus illustres tyrans de l'Europe,
et les vices des cours, et la faiblesse de cet
échafaudage social qu'il semblait à l'enthousiasme si facile de faire plier sous son vol brûlant. Le comte Golowkin peignit délicieuse-
ment la grande âme et les naïfs travers de son
ami Jean-Jacques Rousseau. Ce seigneur philosophe (on dirait aujourd'hui excentrique)
avait une fille fort belle, qu'il élevait selon ses
idées, et qui était à la fois Émile et Sophie,
tantôt le plus beau des garçons, tantôt la plus

charmante des filles. Il devait la présenter à
l'initiation, et charger Consuelo de l'instruire.
L'illustre Zinzendorf exposa l'organisation et
les mœurs évangéliques de sa colonie de Mo-
raves hernhuters. Il consultait Albert avec
déférence sur plusieurs difficultés, et la sagesse semblait parler par la bouche d'Albert.
C'est qu'il était inspiré par la présence et le
doux regard de son amie. Il semblait un
dieu à Consuelo. Il réunissait pour elle tous
les prestiges : philosophe et artiste, martyr
éprouvé, héros triomphant, grave comme un
sage du Portique, beau comme un ange, en-
joué parfois et naïf comme un enfant, comme
un amant heureux, parfait enfin comme
l'homme qu'on aime ! Consuelo avait cru
mourir de fatigue et d'émotion en frappant à
la porte du temple. Maintenant elle se sentait
forte et animée comme au temps où elle jouait

sur la grève de l'Adriatique dans toute la vigueur de l'adolescence, sous un soleil brûlant
tempéré par la brise de mer. Il semblait que
la vie dans toute sa puissance, le bonheur
dans toute son intensité, se fussent emparés
d'elle par toutes ses fibres, et qu'elle les as-
pirât par tous ses pores. Elle ne comptait pas
les heures : elle eût voulu que cette nuit en-
chantée ne finît jamais. Pourquoi ne peut-on
arrêter le soleil sous l'horizon, dans de certaines veillées où l'on se sent dans toute la
plénitude de l'être, et où tous les rêves de
l'enthousiasme semblent réalisés ou réalisa-
bles !

Enfin le ciel se teignit de pourpre et d'or ;
une cloche argentine avertit les Invisibles
que la nuit leur retirait ses voiles protecteurs.
Ils chantèrent un dernier hymne au soleil levant, emblème du jour nouveau qu'ils rêvaient
et préparaient pour le monde. Puis ils se fi-

rent de tendres adieux, se donnèrent rendez-
vous, les uns à Paris, les autres à Londres,
d'autres à Madrid, à Vienne, à Pétersbourg,
à Varsovie, à Dresde, à Berlin. Tous s'enga-
gèrent à se retrouver dans un an, à pareil jour, à la porte de ce temple béni, avec
de nouveaux néophytes ou d'anciens frères
maintenant absents. Puis ils croisèrent leurs
manteaux pour cacher leurs élégants costumes, et se dispersèrent sans bruit sous les
sentiers ombragés du parc.

Albert et Consuelo, guidés par Marcus,
descendirent le ravin jusqu'au ruisseau ; Karl
les reçut dans sa gondole fermée, et les conduisit au pavillon, sur le seuil duquel ils s'arrêtèrent un instant pour contempler la majesté de l'astre qui montait dans le ciel.
Jusque-là Consuelo, en répondant aux discours passionnés d'Albert, lui avait toujours

donné son nom véritable ; mais lors qu'il l'arracha à la contemplation où elle semblait s'oublier, elle ne put que lui dire, en appuyant son front brûlant sur son épaule : « *O Liverani !* »

FIN DU QUATRIÈME VOLUME.

Imprimerie hydraulique de GIROUX et VIALAT,
Saint-Denis-du-Port, près Lagny.

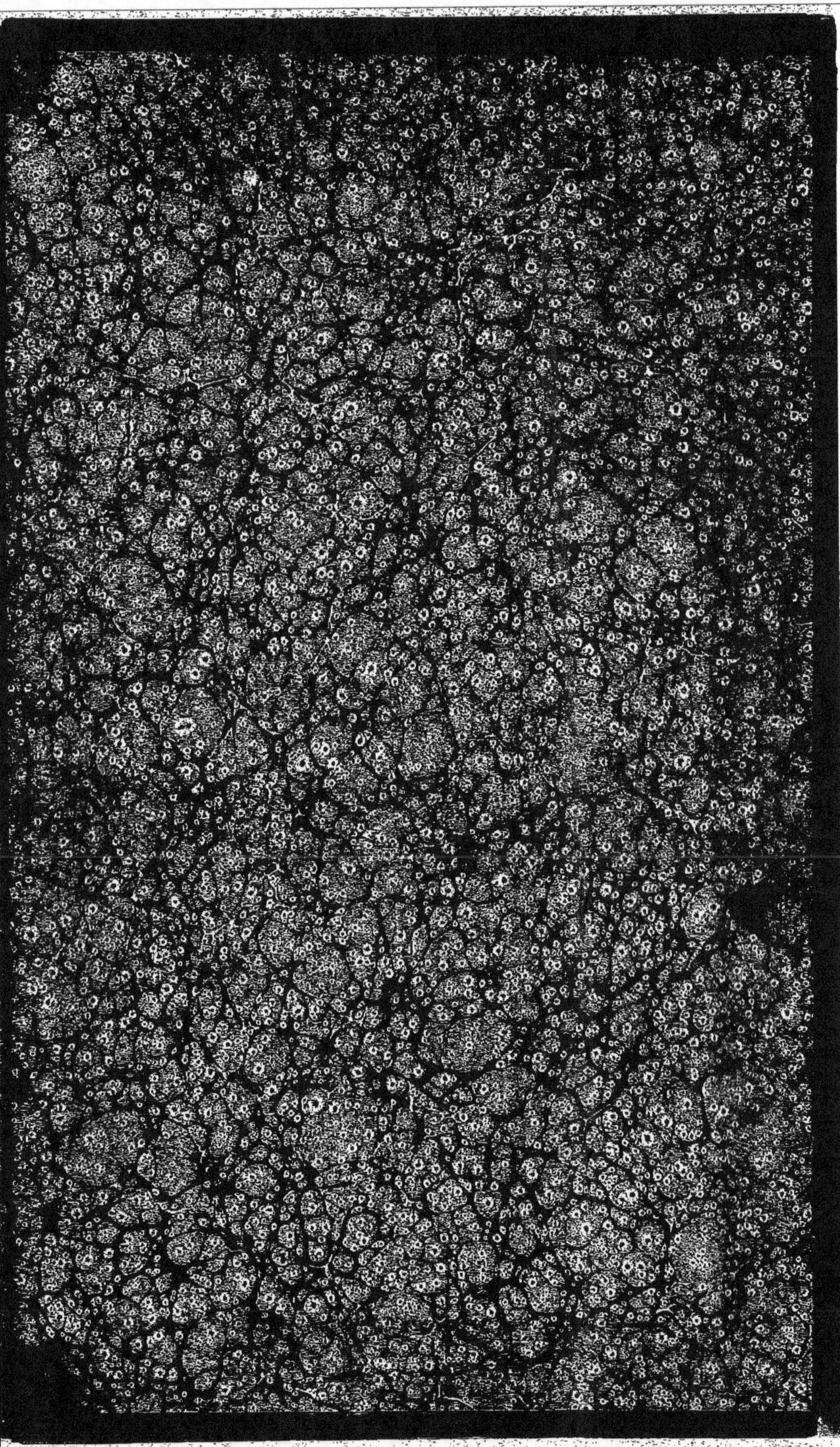

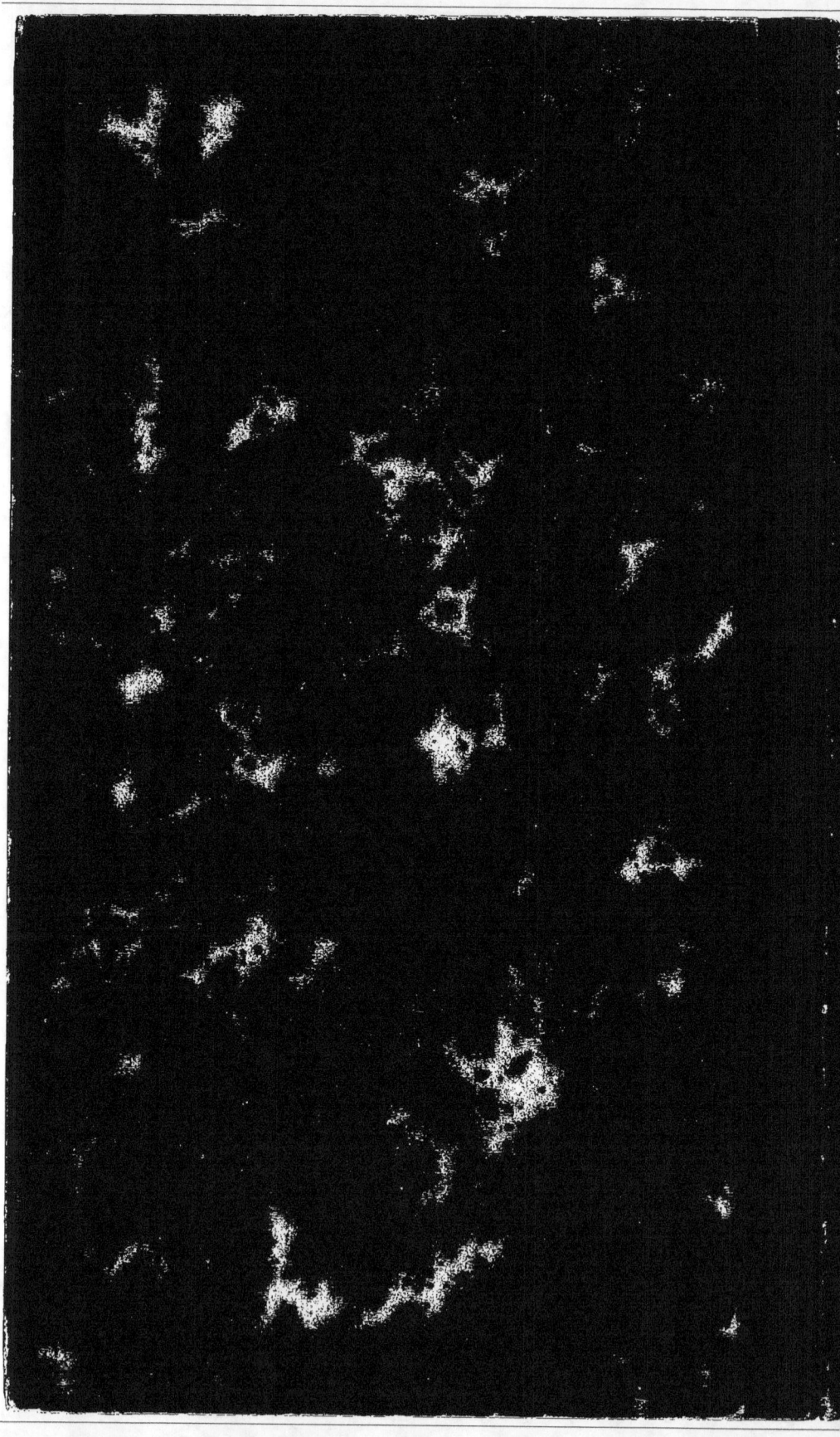

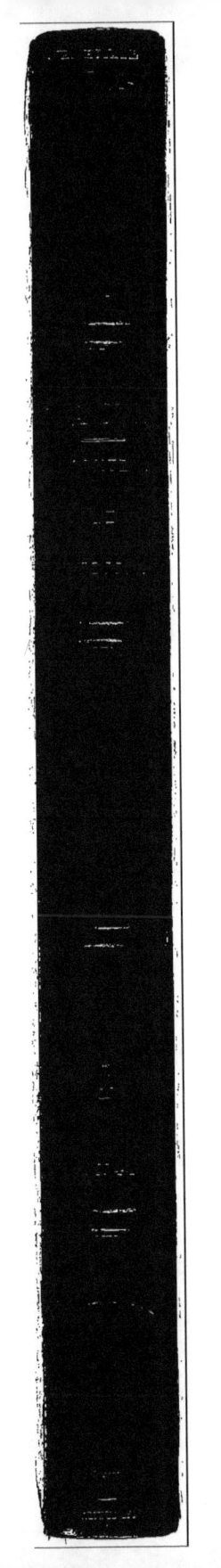